子育てしたいと言われても

CROSS NOVELS

秀 香穂里
NOVEL:Kaori Shu

みずかねりょう
ILLUST:Ryou Mizukane

CONTENTS

CROSS NOVELS

子育てしたいと言われても

7

あとがき

230

CONTENTS

子育てしたいと言われても

Presented by

秀香穂里

Illust みずかねりょう

CROSS NOVELS

「ふん、ふふん、んー、んーふ、ふ、ふーん」

無意識に鼻歌が出るほど上機嫌な那波勇はただいま洗濯物を畳んでいる最中だ。六月の夜、めずらしく今日は梅雨の晴れ間だったので、下着以外は外に干して太陽光を浴びさせた。

自分の下着はボクサーパンツ。主にブルーかイエローが多い。濃紺、青のパンツをえり分けて山を作り、残ったトランクスに触れてちょっと赤くなる。爽やかな水色と紺色のストライプが多いトランクスを愛用しているのは、人気作家の里見一彰。

那波のただひとりの大切な恋人だ。

青山にオフィスを構える結婚相談所「スイート・マリッジ」に、那波は相談員として勤めている。日々訪れる男女客の「結婚したい」という願望を叶えるべく奔走していたところへ、ぼさぼさ頭でスウェット姿の垢抜けない男が現れた。そして那波と目を合わせるなり照れくさそうにし、『こんなかっこいい方に相談に乗ってもらえたら、俺も早く結婚できそうかな、なんて思ったりして』と言ったのだ。

それが、里見だ。人気ミステリー作家なうえに精悍な相貌、そして穏やかで人懐こい性格。ダサい身なりだけでもどうにかすれば絶対に結婚への道は拓けると確信した。したのだが、なぜかいま彼は男の自分にベタ惚れで、同居までしている。つき合うことになるまでは紆余曲折があったものの、那波はいまとても満たされている。

男に惹かれる自分でも、しあわせになっていいのだ。里見は文句なしにやさしいし、情熱的で、結構嫉妬深い。二十八歳の那波を猫可愛がりする反面、外に出て仕事をすることを応援しつつも心配している。『勇が誰か素敵なひとと出会ってしまったら俺はどうすればいい？』なんて可愛いことを訊く里見は、三十二歳。一応、大人だと思うのだけれど、焼き餅を焼く彼を見ているとついつい笑ってしまう。

里見と那波は、品川区の東京湾が見える新築マンションにふたりで暮らし始めた。それまでは互いに別々の住み処があったのだが、里見の強い要望により、無事に同居と相成った。といっても、ここに落ち着くまではさまざまな騒動があった。

最初は、里見が張り切って麻布に億ションを買おうと言いだしたことだ。億も億、三億の物件は凄まじいのひと言だった。マンションとはいえ内部を螺旋階段で一階と二階を結び、７ＬＤＫ＋ＤＥＮをメインに駐車場、二十四時間対応のコンシェルジュ、専用ロビーにプール、ジャグジーにジムがあるうえに、各個にハウスキーパーがひとりつくということで、『これなら勇もゆっくりできるよね』と笑顔で言われたけれど、『いやいやいや、こんな高い買い物できません』と真っ青になって断った。

『高い？』と首を傾げたときの里見のいかにも不思議そうな顔をスマートフォンで撮影しておけばよかった。

そうだ、彼はドラマ化された著作をいくつも持つ作家なのだ。いくら身なりがとんでもなくても、その才能は豊かで、各出版社が見逃すはずがない。しかも、那波とつき合うようになってからは彼なりに着るものに気を遣っているようで、隣を歩いていると思わずその整った横顔、すっきりとした背中に見惚（みほ）れてしまうぐらいだ。

さて、三億円はやはり高すぎる。『じゃ、こっちの田園調布（でんえんちょうふ）の五億の家もダメか……』と残念そうな顔をしていた恋人を熱心に説得し、なんとかお互いにローンを背負いたいのだと頼み込んだ。スイート・マリッジで相手を探していたときも、そういえば出会ったばかりの女性に法外なプレゼントをしようとしてドン引きされていたっけ。里見はいいひとすぎて、ちょっとばかり金銭感覚がおかしいようだ。

『俺だけチャラになるのはダメです。俺にだって働く意欲をください。あなたと一緒に暮らすためにがんばろうと思える額がいいです』

『わかった。勇のオーケイとする額はどれぐらい？』

耳を傾けてくれたことにほっとし、那波は『さ、……三千、五百万円ぐらい』とちょっと気恥（きは）ずかしくなりながら答えた。里見の持ち出した金額とは隔たりがありすぎるが、いまの給与やこれから働ける年数を考えて出した現実的な数字だ。

せっかくの里見とのシェアハウスだ。少しは無理したいけれど、貯金もしたいし、たまには贅（ぜい）

沢もしたい。那波は花が好きなので、一週間に一度は花屋に寄っていた。毎日の生活に花があると潤う。そういう楽しみすらなくしてしまったら、きっとつらい。

だから、三千五百万円を里見と折半したい。丁寧にそう言うと、里見は何度か頷き、やがて嬉しそうに笑った。

『花のある生活っていいね。俺も好きになりそうだ』

『だったら、今度早速買ってきますね』

そう約束して、次のデートのとき、ちょうど里見宅で一緒にＤＶＤを観ようということになっていたので、那波は花屋であれこれと悩んだ末に、黄色のフリージアを買った。包んでもらっている最中にスマートフォンで花言葉を検索してみると、『無邪気』とあって、結構里見らしいなと微笑んでしまった。

黄色く可愛い花を、里見はいたく喜んでくれた。『あなたに似合う花を探したくて』と言うともっと顔をくしゃくしゃにし、玄関先で強く抱き締められた。

『もう、俺をどこまで夢中にさせてくれるの？』

そんなふうに甘い言葉を囁いた里見とのその夜は、いつになく濃密な愛撫を施され、泣くまで抱き尽くされた。

いま思い出してもちょっと頬が熱い。同居の話が春先に持ち上がり、そこから駆け足で物件を探した。あちこちに新築物件が出る季節だったのはよかった。ちょうど、目星をつけていた品川のマンションが出来上がる寸前にひと部屋だけキャンセルが出たという話を在宅勤務の里見がネットで見つけ、その週末にはふたりで見に行き、四千万円という価格に少し悩んだものの、がんばればなんとかなる。そう判断し、買うことにした。

多くの手続きを経て五月末にようやく入居したので、５ＬＤＫ＋ＤＥＮの部屋はまだどこも新しい匂(にお)いがする。ＤＥＮとは、獣の棲み処、穴蔵を意味する。建築用語では書斎や隠れ家という意味合いで使われるので、里見の書庫として使うことにした。大量の本が収められたそこに里見が入るとついつい長居してしまうようだ。獣の棲み処というのもわりと当たっている気がする。

ひとつは里見の仕事部屋、もうひとつは那波の私室。寝室と、もう一室はシアタールームにした。残る一室は客間にしようかと話し合い、とりあえず空き室にしている。

正直、こんな広い家に住むのは少し落ち着かない。部屋の扉を閉めてしまうと、里見がどこにいるのか音が聞こえてこないのだ。防音にすぐれているのはありがたいが、いつもにここにしている里見の声が聞こえる近さにいたいなとも思う。

寝室で下着を畳み終わったので、続きにあるクローゼットルームにしまう。

それから静かに廊下の向かいにある里見の部屋をのぞいてみると、ヘッドフォンをし、ＰＣに向かう男の背中が見えた。どうやら、仕事に没頭しているようだ。カタカタと軽快なキーボードを打つ音が響いている。

邪魔はしたくないので、キッチンで美味しい紅茶を淹れ、湯気が消えないうちにそっと運んだ。

一応扉をノックし、「――一彰……さん？」と静かに声をかけながら入る。

「勇！」

気配を感じてか、嬉しそうに振り向く里見は満面の笑みを浮かべている。

「ごめんなさい、仕事中にお邪魔して。お茶でもどうかなと思って淹れてきました」

「嬉しいな。ちょうどひと息入れようと思っていたところだよ」

彼の手元にソーサーとティーカップを置くと、椅子に座った里見はくるりとこちらを振り向き、ぽんぽんと膝を叩く。

「なんですか？」

「ここに座ってってこと」

「……もう」

ベッド以外でも甘いことを言う里見を上目遣いに見て、照れくささを感じながらも、「……お邪魔します」と頭を下げて彼の膝に座った。とたんに、ぎゅっと腰を抱き寄せられてしまう。

「か、一彰さん」

「あー……俺の大好きな勇だ……もしかして、今日はお風呂まだ？」

くんくんと首筋のあたりで鼻を鳴らす里見に顔を赤くし、「すみません、これから入るところです」と呟いた。

「汗臭いですよね」

「全然。ふんわりした柑橘系のコロンと、シャツの匂い。それから勇だけの匂い……落ち着く。すごくいい匂いだよ」

「よかった。……でもあの、あまり嗅がれるのは恥ずかしいんですけど」

「どうして？　いつも俺はあなただけの匂いを感じ取っていたい。……ん、少し石鹸の匂いがするな」

「あ、洗濯物を畳んでたからかも」

「ふふ、あのね、あなたと一緒に暮らすようになってからよかったなと思うひとつは洗濯物がいつも丁寧に畳まれていること。俺、洗剤を入れてガーッと洗濯機を回すのはできても、干したり畳んだりするのが面倒で」

「おもしろいですよ。自分がどんな下着を穿いていたか見直して、この日はどうだったかな、仕事はうまくいったかなとか思い出すのって結構楽しいです」

「へえ、新しい発見。……じゃ、今日の勇はどんな日なのかな？」

里見がにこやかに言って、ルームウェアのスウェットパンツの前を指でつついてくる。その甘くて不埒な指先に那波は耳まで赤くし、「ダ、ダメです」と身をよじる。

「昨日も泣くほどされたのに……」

「うーん、あれは可愛かった。俺がうしろから突いてあげたら、勇、泣きじゃくって『もっとして、もっと突いて、いっぱいやらしいことして』って言ってたよね」

「言ってません！」

「言いました」

「……ほんと言ってません」

「じゃ、言わせてあげる」

里見はにこりと笑いかけてきて、「昨日の続き、してあげるね」と囁いてくる。がっしりとした体格の彼に抱き締められているのはやはり気恥ずかしいのだが、それよりもっと恥ずかしくてせつないことをされそうだ。

「勇、……ね？」

誘うような声はずるい。その深みのあるやさしい声で言われたら、どんなことだって聞いてしまう。那波はおずおずと彼の膝に座ったまま身体を預け、頤をつままれて瞼を閉じた。

「ん……」

里見のキスは、いつも甘くて熱っぽい。ちゅ、と可愛い音を立ててくちびるを触れ合わせ、少しだけ表面が潤んできたら軽く噛み、那波がたまらずに彼の胸にすがりつくのをきっかけに舌をぬるりともぐり込ませてくるのだ。

「ン、……ん、ふ、……っ……ぁ……」

里見の情の深さが感じられるキスが好きだから、那波もつい応えてしまう。里見の大きめの舌が腔内に侵入してきて、ぬるぬると口蓋をくすぐる。それから舌を搦め捕り、じゅるっと啜り込んでうずうずと擦り合わせてきた。

「ッぁ……」

くすぐったさと快感は背中合わせだ。軽い疼きをそこに感じて腰をもじもじさせると、里見はちらりと笑って、那波のTシャツの上から乳首を擦る。

「あ、……や、だ……」

胸を弄られると、身体の芯が蕩けそうで、変な声が出てしまう。もう何度もそこを愛されているのだが、いつも新鮮な驚きともどかしさがあった。男の乳首なんて、なんの役にも立たない。シャツで隠してしまえば誰もそこに尖りがあるなんて思わない——という考えを、里見が一蹴したのだ。

那波の戸惑いを楽しむかのように乳首を指で引っ張り、ねじったり、くりくりと揉んだり。だけど、Tシャツ越しだから触るのにも限界がある。

はあはあと肩で息をする那波を愛おしそうに見つめ、里見はTシャツの裾をまくり上げた。

「ね、勇。勇のおっぱい吸わせて？」

「そ、の……言い方……っやだ……恥ずかしい」

「恥ずかしがるあなたは最高に可愛いよ。もっと乱れて。ほら、裾咥えて」

「ん――、ぅ」

言われるままにTシャツの裾を咥える。そうすると胸があらわになり、里見が弄りやすくなるのだ。

「っふ、……」

「もう真っ赤だ。ここ、吸ってあげる。勇のおっぱいはちいさくて可愛いなぁ……」

嬉しそうに言って、里見が乳首に吸い付いてきた。根元をよじられているから、ツキンと尖ってしまうのが自分でもはしたない。ちゅくちゅくと甘噛みされて、舌でやわらかに捏ねられて、

「――ん」と鼻にかかった声を上げると、乳首の根元をきりっときつめに噛まれた。

「ん、――ん、っ、ぅ、う、ん」

「いい声。もっと揉んで吸ってあげるね。ミルクが出ちゃいそうだよ」

「で、出な」

反論しかけた矢先に咥えていたTシャツを落としてしまう。

「こら、Tシャツを咥えてないとダメだよ」

一度離したTシャツを再び咥えさせられた。感じ始めているせいか、唾液の量が多めで、グレイのTシャツの裾がじっとりと濡れていく。

まるで、漏らしたかのように。

こんな辱めを受けてもなお、里見が突き放せないのだから自分もたいがい彼に参っている。

乳首に執心して吸い付く里見の髪を撫で、自然と引き寄せる。本心ではもっと触ってほしいと願っている。暴いてほしいとせがみたくなっている。だけど言葉にするのは気恥ずかしいから、仕草でなんとか伝えたい。ボディコミュニケーションが特別上手というわけではないのだが、髪をまさぐる指先に熱がこもったようだ。ちゅ、ちゅ、と乳首へのキスを繰り返す里見が名残惜しそうに顔を離して微笑む。

「……ベッド、行く？　俺は行きたい。勇をもっと愛したい」

「……はい」

こくりと頷くと、里見がぐっと膝の裏に手を差し込んできて立ち上がる。お姫様抱っこをされるたび、那波は照れくさい気持ちで彼の首に両手を絡めて身を寄せる。自分と同じ男にひょいっと抱き上げられる葛藤はもちろんあるのだが、この先訪れる時間はもっと身悶えることになる。

里見は那波を軽々と抱えてベッドルームへと向かう。キングサイズのベッドで、ふたりは毎晩眠る。里見がやさしく抱き締めてきて甘いキスを交わして眠りに落ちることもあるが、互いに手を握り締め、熱情に呑み込まれてしまうほうがずっと多い。毎日うしろを使ったセックスはさすがに身体に負担がかかるから、里見の濃密なフェラチオに啜り泣く夜がどんなにいいか。

でも、今日は繋（つな）がりたい。明日は土曜で那波の仕事も休みだ。結婚相談所は土日にどっと相談客が訪れるのでなかなか休めないが、仲間とシフトを調整し、月に一度か二度は週末をゆっくり過ごすことにしている。

やわらかなサックスブルーでまとめた室内は、真ん中に大きなベッド。脇に洒落（しゃれ）た月の形のランプがある。那波をベッドに下ろしたあと、里見はランプを点（つ）けて覆い被さってくる。ほのかな灯（あか）りで肌が汗ばんでいることがバレてしまう。

「……暗くして、ください」

「ダーメ。俺の楽しみを奪わないで。俺ね、あなたの肌が赤く染まっていくのを見るのがなにより好きなんだ。俺が火照（ほて）らせているって思うとすごく嬉しい。こんなに綺麗な肌……小説でも描写しきれない」

想いがあふれたのか、里見は唸（うな）りながら首筋に噛みついてきた。ゆるく歯が皮膚（ひふ）に食い込んできて、軽く感じてしまう。

「……っん、あ、……一彰さ……っ」

首筋を食まれながら、スウェットパンツの前を揉まれる。それがダイレクトな刺激になるから、思わず達してしまいそうだ。まだだ。まだ感じていたい。里見にだって感じてほしい。身をよじりながら彼の背中に爪を立てると、上体を起こされ、Tシャツを頭から引き抜かれた。

「っはぁ……、一彰さんも……」

「わかった。あなたが脱がせて」

先に那波が裸になり、次に里見からシャツを剝いで、スラックスも脱がせ、最後に水色のトランクスを目にしてごくりと喉が鳴る。このストライプのトランクスは一昨日洗濯したものだ。自分の手で綺麗にしたものを身に着けてもらえるのは嬉しい。それにも増して、その下着を今度は自分の手で脱がすなんて、ひどく淫靡だ。

「……いまの俺、一彰さんの下着の柄を全部知ってます。何枚あるかも。……そういう仲、なんですよね」

「そうだよ。ついでに言うと、あなたが仕事で外出している間、寂しくて寂しくてオナニーしちゃって、仕方なく自分でトランクスを洗っていることも知ってる？」

それは初耳だ。顔を真っ赤にすると、里見は可笑しそうに笑って那波を引き寄せる。

「勇、俺の上に乗って。舐めてあげたい」

「いえ、今夜は……俺が」

「勇が？　もしかして……俺のを舐めるの？」

「……はい。いつも先を越されてしまうから。俺だって、あなたを愛したいです」

羞恥を抑え込んでなんとか目を合わせると、ひどく嬉しそうな里見がくしゃりと髪を撫でてくる。

「でも俺、その……大きいから。無理しないで」

「下手(へた)だったら言ってくださいね」

そう言って、耳たぶをちりちり熱くさせながら那波は恋人のトランクスをゆっくりと脱がし、ぶるっとしなる男根を慌(あわ)てて摑(つか)んだ。片手では摑みきれないほどの大きなものが、この身体の中に挿(はい)ってくるのだ。いつも里見は時間をかけて愛撫してくれる。それこそ、那波がとろとろになって泣いてしまうほどに。

里見には大きな羽根枕を背もたれにし、ベッドヘッドにもたれてもらう。そして、自分は彼の両足の間へ。

ルームランプに照らされて、里見のものはくっきりと根元からそそり勃(た)ち、色も見るからにいやらしい。怒張すると赤黒くなり、先端からとろりとしたしずくをあふれさせている。舌先を伸ばしてしずくを舐め取れば、里見が短く息を吸い込む気配が伝わってきた。

「ん……」

里見だけの、濃い味。舐めれば舐めるほど、もっと欲しくなる。思い切って根元を両手で握り、張り出した亀頭を口に含み、カリにくちびるを引っかけてちゅぽちゅぽと舐めしゃぶる。自分がすることでこんなにも淫(みだ)らな音を立てることが、たまらなく恥ずかしくて、すごくいい。

脳内に大きく響く口淫の音に背中を押される気分で、那波はつたないフェラチオに夢中になった。

「勇……」

かすかに息を漏らす里見は那波の髪を握ったり、離したり。先端の割れ目をくちゅくちゅと舌でくすぐると、髪を摑む力が強まった。

「いいよ、……すごく上手だ……」

「ほんと、ですか……?」

しゃぶりながら上目遣いに見やると、里見とまっすぐ目が合った。彼は熱っぽい息を漏らし、「もう、反則だよ」と呟く。

「そんな顔で俺を蕩かすなんて……」

「ん、っん、っ」

里見が腰を揺らしてねじ込んでくる。大きなペニスで喉奥を突かれて苦しいけれど、離したくない。じゅぽっ、と引き抜いて、また含んで口輪で締め付ける。男同士だから、感じるところはだいたいわかる。裏筋も舐めたくて、里見のものをアイスキャンディのように捧げ持ち、「んー……」と舌を筋に這(は)わせていった。

「美味し……」

「目の毒だよ勇。いますぐあなたの中に挿りたい」

「も、少し」

里見を焦(じ)らせるいい機会だ。くびれを指で締め付けて射精をうながすのだって楽しい。息遣いが短くなってくる里見に興奮し、那波は懸命に奉仕を続けた。ちゅるっ、ちゅっ、と艶(なまめ)かしい音を聞かせながら口淫の深みにはまっていると、いきなり里見がぐいっと肩を掴んで那波を下肢から引き剥がし、そのままねじ伏せてきた。

「あ、まだ……っ、ま、待って、ダメです、待っ……！」

悲鳴みたいになったのは、焦れまくった里見に組み敷かれて両足を大きく抱え上げられ、その奥の窄(すぼ)まりに舌を突き挿(い)れられたからだ。

「あ、っ、あ、やだ、……だ、め、舐めたら……や、ぁ……っ！」

赤ちゃんみたいな格好でなじっても迫力に欠ける。そうとわかっているが、言わずにはいられない。だけど、そうすると勝手に腰が揺れ、里見を煽(あお)ってしまうのだと那波はまだ気づかない。

尻たぶをぎゅっと掴んできた里見はそれを両側にぐぐっと押し拡げ、きつい窄まりを空気に晒(さら)すと、そっと舌をあてがってくる。

ぬるん、と熱い舌が狭い孔の中へと挿ってくるのを感じて、那波は、「あ、あ」と喘いでシーツをかきむしった。もう何度も愛されている孔は、里見だけに開く場所だ。狭い隘路を剛直が我が物顔で行き来するのだと思うと、早くも頭の底が熱く痺れてくる。

「かずあ、き、さん、一彰さん……っ」

「勇のここ、ほんとうにきつくて可愛いよ。ん、でも今日は少しやわらかいかな。さっきおっぱいを吸ってあげたからかな？」

「それ……！　や、です……」

「なに。おっぱい？」

にゅぐにゅぐとアナルに舌を突き込みながら言わないでほしい。汗ばむ尻の表面に里見の声が当たり、ふわっと表面温度が上がる。

「……おっぱい、じゃないし……俺、男だし……」

「勇のおっぱいは、おっぱいだよ。最高に敏感で色気があって、ちょっと生意気に尖ってて、俺に噛まれるのを待ってる。あとで、『吸って』って言わせてあげるよ」

「言わない……！」

四つん這いにされて尻を高く掲げさせられ、今度は指も挿ってきた。最初は、試すように一本。

さすがにローションがないときついので、里見は手のひらにボトルを傾けて液体を垂らし、人肌に温めたらそのままぬるりとアナルを探ってくる。

　くぷん、と易々と指を呑み込んでしまう淫らな身体になってしまった。里見という男に愛されて悦(よろこ)んでしまう身体だ。体内を慎重に探る長い指は、中程まで挿(さ)し込んでから、ゆっくりと上側を擦り始めた。

「あっ……あっ……あっ……はぁ……っ」

　声がどうしてもこぼれる。前立腺(ぜんりつせん)を擦られると、どんなに気を張っていても崩れてしまう。ただそこが男性としての弱点だからというだけではない。里見の愛撫がやさしいからだ。那波の負担をおもんぱかり、負担にならないようにと気遣いながら愛してくれる。

「いい？　勇、気持ちいい？」

「いい、っん、ぁ、擦るの、……いい……で、す」

「こんなときぐらい言葉が崩れてもいいんだよ」

　苦笑する里見に耳たぶが熱い。でも、ここで敬語を崩してしまったら最後、はしたないことを際限なく言ってしまうだろうから、これは自分なりの防波堤だ。

「勇は結構頑固だよね。そこがいいんだけど」

　くすくすと笑う里見はさらにローションを足して孔を潤わせ、二本目、三本目の指がなんとか挿ると、中でばらばらと動かし、熱い肉襞を擦り上げる。

「あ、――あ、っ、待って、……っあ、う、う、ん……っ！」

本物の交わりを思わせるような指遣いについ腰を振ってしまった。

「もう欲しい？　勇、お尻、揺れてる」

「だ、って……だって」

あなたがいやらしく触るから。涙目で肩越しに振り返り、背後の恋人に手を伸ばした。

「お願いです、……もお、……来て……俺の中、……来て」

「勇」

たどたどしくても真剣な言葉に里見は顔を引き締め、ひとつ頷くと膝立ちになり、隆起したままだった己の男根にもローションを塗り込める。そして、根元を持って那波の尻の狭間（はざま）をぬるぬると亀頭で何度もなぞり、いまにもぐうっと突き込まれそうな予感に那波が喘ぐと、やっと、ゆっくりとだが、猛（たけ）った雄（おす）を突き挿れてきた。

「あ……――っ！」

まるで、串刺しにされていくような圧倒的な熱量。

那波は、はくはくと口を開いたり閉じたりするだけ。孔をみっちりとふさいで、ズクンと里見は容赦なく穿（うが）ってくる。硬くて、太さもあって、長い里見のペニスを根元まで埋め込まれると、

ほとんど声が出ない。なのに、身体のいちばん奥は淫らに疼き始め、里見に突いてほしがるのだ。

那波を気遣ってか、里見はなんとか自身を最奥まで収めきったあと、馴染ませるためにじっとしている。たまらない。すぐに動いてほしい。苦しくてもいいから、振り回してほしい。

「……一彰さん、……おねがい、……や、動いて、いいから……」

「いいの？　つらくない？　この間も調子に乗って突きまくったら翌日つらかったみたいだし」

それはそれ、これはこれだ。熱い杭に貫かれている状態で、「じゃ、おとなしめにしてください」なんて言えるわけがない。

「もぉ、……めちゃくちゃにして、いい、から……！」

涙声で頼み込むと、里見にも火が点いたようだ。ぎっちりと那波の腰を摑んで引き上げると、じゅぷんっと根元までねじ込んで、激しく引き抜く。そのとき、カリが繊細な入り口に引っかかって擦れ、感じすぎて泣いてしまいそうだ。内襞も里見の侵入を悦び、ローションもまとっているからぬらつきながら男根を締め付ける。

「いいよ、勇、……ここ、ごりごりってされるの好き？」

「ん、すき。——好き、だいすき……」

最奥に亀頭をしつこく擦り付けられると、シーツを引き裂いてしまいそうになるほど感じる。

互いに腰を揺らして挿入の角度を深め、じゅぷっ、じゅぽっ、と音を立てたら絶頂の予感が早くも舞い降りてくる。肌がふわりと熱い。だけど、中はもっと熱い。

「や、や、も、いく、いきそう……っ」

那波は啜り泣きながらシーツをかきむしった。

乳首を弄られていたときから射精感がつのっていたのだ。里見に貫かれながら白濁を散らすのはほんとうに恥ずかしいが、こころが通い合ったという証拠でもある。那波は里見に、里見は那波に、いちばん強くて、だけど弱くて、脆(もろ)い部分をゆだねる。それがセックスというものだ。無防備な裸になって抱き締め合い、キスを交わし、互いに身体のなかでいちばん熱い部分を相手に捧げる。

いまは里見が激しく貫いてくるから、揺さぶられるままの那波は枕をきつく摑んで尻を高く掲げる。全部――奥まで、見られてしまう。それもいいスパイスだ。

「勇のここ、すごくひくひくしていていやらしいな……俺のものが大好きみたいだよ」

「ん――だって、ほんとうに好き……」

「そんな可愛いことを言う子は、こっちを向いて」

「あ」

腕を取られて体勢を変えさせられ、今度はあぐらをかいた里見の上に乗る格好だ。下から太いペニスでずんっと穿たれ、那波は泣きながら奔放に腰を振った。

「ん、あ、やだ、乳首、つねったら……っ」

「じゃ、噛むほうがいい？　大きくしてあげたい。俺以外の誰も触れないように」

里見以外に触らせるわけがないのにと少し可笑しい。信用されていないというのではなくて、彼のこれは可愛い嫉妬だろう。年上の男の意外な一面を、那波はこよなく愛していた。

くちびるをふさがれながら、下から突かれる。いいとかダメとかいろいろ言ったはずなのだが、すべて喘ぎ声として溶けてしまう。「すごくいい」と囁くと、里見も同じ気持ちだったようだ。思いきり腰を摑んで突いてきた。

「だ、め、も、ほんと、ダメ、あ――あ、いく、いっちゃ……！」

「ん。俺も」

くちびるをむさぼって昇り詰めていく。互いの身体にこんなにも熱い場所があるなんて。何度交わっても、新しい驚きがある。どくんと里見が深いところで射精してきたのと同時に、那波もひときわ声を掠れさせながら極みに達した。

里見と繋がりながらペニスを扱かれる気持ちよさは声にならない。とくとくと精液があふれ出て、ふたりの肌を濡らしていく。それでも、里見の勢いは衰えない。中に硬く刺さったまま那波を抱き締め、顔中にキスを雨のように降らしてくる。

「……やっぱりあなたはいい。俺、一生勇にしか欲情しない」

「……うん、俺もです。……愛し合うって、いいですね。こんな気持ち、初めてです……」

なんとか身体の位置を変えて里見に抱きつくと、ふふっと笑う恋人が頬を両手で包み込んでくれた。

「セックスのときの勇は素直で可愛いな。少しぐらい意地悪しても許してくれちゃいそう」

「う……」

確かに、この時間は自分の感情に従っている。快感だけをやり取りしているのではない。信頼も里見には預けている。

「いまはまだペニスへの刺激でいくことのほうが多いみたいだけど、勇ともっと深い仲になったら、――こっちだけでも」

そう言って、里見が指をそろっと窄まりに這わせてきた。まだそこには彼自身が挿ったままだ。

「あ……」

「勇、ドライオーガズムって知ってる？　うしろだけでいけるようになると、とんでもない快楽を味わえるらしいよ。俺、どうにかなりそうなあなたも見てみたいな」

「いまだってどうにかなりそうです。これ以上感じたら……」

みっともない真似をして嫌われたくない。せっかく、しあわせを摑んだのだ。離したくない。

こころに浮かぶ灰色の不安に眉をひそめると、「ごめんごめん」と謝りながら里見がくちづけてきた。

「そんな顔をさせるつもりはなかった。ごめんね。どういう感じ方をしても、勇は俺の勇だよ」

「……はい」

「よし。じゃあ、今度は――こんな形」

里見が甘く囁きながら那波を抱きかかえて横臥(おうが)し、うしろからまたゆっくり挿れてきた。

「ん……」

ベッドに身体を横たえて背後から突かれるこの体位が、那波は好きだ。正常位や後背位とはまた違う角度で里見がねじ込んできて、にゅぐりと肉襞を擦っていく。

「あ、……あ……一彰さん……」

「愛してるよ、勇」

声が蕩けていくのに任せて那波は薄く形のいいくちびるを開く。明日は少し喉が嗄(か)れてしまうかもしれないけれど、たまにはいい。時間を忘れて抱き合いたい。自分からも里見への愛情を示すために中をきゅうっと甘やかに締め付けて、キスを求めて那波は首を後方に反らす。

すぐに里見が気づき、笑ってくちびるを重ねてきた。

愛し合う週末はことのほか楽しく、那波はしあわせに浸った。

土曜日は昼過ぎに起きて里見と映画に出かけ、日曜日は盛りを越えた都内の薔薇園に行ってみた。開ききった薔薇もなかなか風情がある。妖艶で、どこかエロティックだと囁いてきたのは里見だ。

「勇は初々しいところもあるけど、抱き尽くすと香り立つような色気を放ってくれるんだよ。あのときの自分がどんな顔をしているか知ってる？」

大勢のひとが薔薇を鑑賞しているなか、耳元で囁かれたらのぼせてしまう。

「知りません」

素っ気なく返しても、週末をふたりきりで過ごせる喜びを味わっている里見は無敵だ。

「じゃ、今夜もう一度教えてあげるよ」

ダメ押しされて、那波は恋人を恨めしげに見上げるだけだ。薔薇を堪能したあとはカフェでお茶を楽しみ、夏服をそれぞれに買ってふたりとも好きなイタリアンレストランに寄り、無事に部屋に戻って愛し合った。

こんなにしあわせでいいのだろうか。あまりに満たされると、ひとは少し不安になってしまう生き物だ。

月曜日、那波は颯爽とスイート・マリッジへと出勤した。午前中は書類整理に追われ、午後、顧客が来る前に昼飯を食べてしまおうと自席で鞄を開いてみた。

さて、今日はどうなる。

青のギンガムチェックのナプキンで包まれた二段弁当を開けるのは若干勇気がいる。なぜなら、これを作ったのが里見だからだ。

里見の愛情弁当はふたりで暮らし始めてからスタートした習慣のひとつだ。

「……よし」

包みをほどき、ぱかっと黒い蓋を開ける。

「……おお、綺麗じゃないか」

彩りは結構いい。一段目は、小松菜のごま炒めにつやつや肉団子、卵焼きは少し焦げているが美味しそうだ。マカロニサラダも入っている。二段目はごはんが敷き詰められ、食欲をそそるゆかりのふりかけがかけられている。これは那波の好物で、ごはんどきはよく食べているのだ。

箸箱から黄色の箸を手に取り、「いただきます」と律儀に頭を下げる。仕事で忙しいだろうに、毎日作ってくれる気持ちは素直に嬉しい。

嬉しいのだが。

ぱく、と卵焼きを囓ったとたん、那波は目を丸くする。

味が、しない。甘くもない。塩っぱくもない。どういうことだろう。

混乱しつつ咀嚼（そしゃく）するが、口の中は卵と油、素材の味だけだ。試しにゆかりがかかったごはんをひと口食べてみた。これは問題なく美味しい。市販のふりかけを使っているからかもしれない。

おそるおそる、今度は肉団子を食べてみた。

「……しょっぱ……」

思わず唸りそうになり、慌ててさっき買っておいたミネラルウォーターを呷（あお）る。では、マカロニサラダはどうなのだ。もうこうなったらチャレンジだ。

……甘い。びっくりするほど甘いマカロニだ。目をつぶって食べたらお菓子かなにかと勘違いしそうだ。

「……どうなってんだ……」

毎日がロシアンルーレットだ。里見の愛情を疑うつもりはこれっぽっちもないのだが、なにせ料理の腕がこれだ。彼が味覚音痴ではないことは一緒に暮らしていてわかる。美味しいものは似ているし、外で食べるときもともに盛り上がる。なのに、ひとりで作らせると、とたんにその味覚が崩壊するようだ。

味見、しているのだろうか。失礼ながらそんなことを考えてみる。

お弁当を作っているところは残念ながら見ていない。那波は朝に弱いのだ。いつも目覚ましは三つかける。ベッドヘッドのちょうど頭の上の棚にひとつ。隣に眠る里見側にもひとつ。最後はベッドの足下に。これは絶対起きないと止められないので、いつも眠気でぼうっとしながら目覚ましをなんとか止め、「はぁ……」と枕に突っ伏すところを里見が苦笑いして見守っていることを那波は知らない。

作家という不規則な生活を送っていた里見だけれど、那波との同居をきっかけにして朝型に切り替えてくれた。そのうえ、トーストと目玉焼き、ウィンナーにサラダというメニューも毎日作ってくれる。ここで失敗しないのは、トーストも目玉焼きもウィンナーも焼くだけで、塩胡椒の味付けは那波自身がするから間違いがないのだろう。サラダもそうだ。ドレッシングは那波の好きな味があるから、美味しく食べている。

さしあたっての問題はこの愛情弁当だ。

弁当は毎日ではなく、いまのところ、月水金に持たされている。そのほか、里見の仕事が忙しければ、那波から辞退していた。

劇的にまずいというのではない。ただ、味が安定しないのだ。味のない卵焼きはこれで三回目だが。

そこへ、先輩である岸本豊が通りかかった。彼のほうはついいましがたまで、別室で顧客の相談に乗っていた。見かけだけは美味しそうな那波の弁当を見ると、「お、またまた美味しそうな弁当持ってきちゃってえー」と楽しげに言ってひょいっと卵焼きをつまみ上げる。

「もーらい！」

「あ」

ひと口で食べた岸本を止める暇もない。

もぐもぐと口を動かす岸本だったが、表情筋が固まった。無、という顔だ。

「……なんだ、これ……味が……」

「しない、ですよね」

ご愁傷さまです、と言いたい。

「おまえ、ここ最近よく弁当を持ってくるけど、こんなに下手だったか」

ずばり言われて思わず苦笑いしてしまう。岸本ぐらいさらりと言えたら苦労しない。

「……いろいろがんばってるんですけどね」

「もしかして、彼女か？　とうとう彼女ができてこの味の付けてない弁当か？　おまえ、考えたほうがいいぞ。メシマズはそうそう直るもんじゃない」

わかったような顔で言う岸本が隣の自席にどっかり座り、机の上に置いたままの飲みかけの缶コーヒーを手にする。

「味音痴なのか、彼女」

「いえ、たぶん慣れてないだけです。美味しいものは美味しいって同調できるし」

「なるほどな。となると、味見をしないのかな？　おまえが一緒に作ってみるのはどうだ」

「うーん……『俺ががんばって……』あ、いえ、『私ががんばって作るから』って、にこにこしながらキッチンを追い出されちゃうんですよね。彼……女、在宅ワークなので、家事をこなすのが楽しいらしくて」

「いじらしいじゃないか。それじゃ、腰を据えておまえがなんとかしてやらないとな。しっかし、惜しいよなぁ。こんだけ美味しそうなのにさ。こっちの肉団子は？」

「死ぬほどしょっぱいです」

「じゃ、こっちのマカロニサラダは」

「地獄のように甘いです」

「強烈な彼女だな……」

岸本が腕を組み、唸るように言う。

彼女じゃないんだけど。いまここで言うことでもなかろう。

「もしかして、卵焼きにはなんの調味料も入れてないのかもしれないぞ」

「そうかもしれませんね。目玉焼きみたいにあとから味付けすると思ってるのかも。……うん。今度、一度一緒に作って様子を見てみます」

「彼女のプライドを傷つけないようにな。女心は繊細だ」

男なんだけど。しかも年上の人気作家だ。桐生彰仁（きりゅうあきひと）というペンネームを出せば、岸本も膝を打つほどの超人気ヒットメーカー。そんな男が自分の恋人なのだと思うと嬉しい反面、緊張もする。

彼にふさわしい人間でありたい。置いていかれたくない。だって、彼は才能あるひとだ。里見を欲しがるひとは無限にいて、自分よりもっともっと魅力的な女性も男性も大勢いるだろう。

なのに、里見は自分を選んでくれた。そしていま、愛してくれている。

だったら、愛されるだけに甘んじず、自分も努力をしたい。まずは仕事をしっかり進めよう。

今日の午後いちばんの客に会うため、不安定な味の弁当をなんとか平らげてから念のため胃薬を飲み、洗面所で歯磨きをして身だしなみを整えたあとは、もう一度自席に戻ってＰＣと向き合う。

顧客ファイルを開き、今日会う女性の相談客をチェックする。二十七歳と若くて、目の覚めるような美人だ。なぜこんな綺麗なひとが結婚相談所に来るのか不思議だが、ひとまず初回は女性相談員が必要な書類記入を手伝い、詳しくは二回目から相談することになっていた。そして、その担当に自分がつくことになっているのだ。

ファイルを持ってトイレに立ち寄る。サマーウールの明るいグレイのスーツに身を包み、ペールブルーのネクタイは爽やかな印象だ。しっかりネクタイの結び目を整え、軽く咳払（せきばら）いしてにっこりと鏡に向かって笑いかける。よし、いい笑顔だ。里見に愛されるようになってから、ずいぶんと表情がやわらかくなったと思う。

午後一時半、女性が待つ部屋の扉を叩き、「こんにちは」と明るい声で挨拶しながら室内に入った。焦げ茶のテーブルを挟んで、すらりとした女性が優雅な身のこなしで立ち、頭を下げた。

「石原ルナと申します。――あ、っ……」

石原は綺麗に彩ったくちびるに手を当て、大きく目を見開く。

「相談員の那波勇と申します。なにかございましたか？」

石原は穴が開くほどに那波を見つめている。「どうかしましたか」と訊いても、視線を外さない。まばたきもせず、じいっと見入る石原に、「――座りませんか」とやさしくうながすと、ようやく彼女は呪縛から解けたようにゆるゆると頷き、ソファに腰を下ろす。

相談客が結婚という人生の大きな目標に怯まないよう、室内は薄めのピンクでまとめられている。気持ちが適度に華やぎ、明るくなる色だ。女性はもちろん、男性にも好評なこの部屋で、石原の美しさは際立っていた。失礼な言い方になるから胸の中にとどめておくが、彼女だったら相談所いらずだろうに。

事務員が出したアイスティーに、石原は口をつけていない。ストローはグラスに挿さったまま、口紅の跡もついていない。

「石原ルナ様。今回より担当させていただきます、那波勇と申します。どうぞよろしくお願い申し上げます」

「こちらこそよろしくお願いします。……あの、那波さん」

石原のどこか思い詰めたような声に、「はい」と笑顔を向けた。緊張しているのかもしれないと思ったからだ。

「あの……昔、杉並区に住んでいたことはありませんか？」

「私ですか？　いえ、ずっと中野区住まいでした。杉並には美味しいラーメン屋さんがあるので、いまはたまに行きますが。どうかなさいましたか」

「いえ、……そうですよね。私の勘違いですよね」

独り言を呟きながら、石原は視線をまっすぐ向けてくる。上品で可愛らしい花模様のミントグリーンのワンピースが石原の透き通った美貌を輝かせていた。

こぼれるような大きな黒い瞳、ちいさな鼻、微笑むとこちらが嬉しくなってしまうようなくちびる。髪は艶のあるロングストレートで、間違いなく男性にとっての憧れの的、いわゆるマドンナだ。

「差し支えなければ、相談所にいらっしゃった動機を教えていただけますか。書類には、『出会いがないため』とだけ書かれていましたが」

初回来店時に記入してもらったプロフィールは、女性らしい綺麗な字で埋められていた。こんな文字でラブレターをもらったら、男性はノックアウトだよなとよけいなことを考えてしまう。

当の石原はアイスティーのグラスを手にし、ストローで氷を静かにかき回しながら考え込んでいる。

「出会いが……ないんです」

「ご職業は――小学校の先生ですね。失礼ながら、職場恋愛というのは禁じられているのですか？」

「うちはかなり厳しく。一応、良家の子女が通う私立の小学校ですから、教師の風紀についても細かくチェックされるんです。同年代の先生がいても、ただの同僚です」

「なるほど……では、合コンなんかも出ませんか」

「どこで誰が見ているかわかりませんから。万が一、教え子の親の目に入ったら一大事です。……ここだけの話、ＰＴＡは怖いんですよ」

近頃は小学校の教師もなかなか大変そうだ。

「職場恋愛が難しいため、相談所にいらっしゃった……ということですね？」

「ええ。できれば私、早めに決めたいんです。来年には結婚していたいんです。もしいけそうだったら子どもも欲しいなって」

結婚相談所に来ると、希望の条件を並べ立てるひとがいる。石原もそうなのだろうか。内心身構え、柔和な笑みを浮かべて、「では、細かく条件を伺いましょう」とボールペンを握る。すると石原がまた目を瞠（みは）り、「あ……」と声を詰まらせた。

　さっきと同じ表情だ。ひどく驚き、目が離せないというような。

「あの……失礼ですけど、那波さんって……いま、彼女はいらっしゃるんですか?」

　結婚指輪のない左手薬指を見られていることを感じながら、那波は「はい」と正直に頷く。

結婚という目的に向かってともに立ち向かうために、既婚者であっても指輪を外して対応にあたる者もいる業界だ。こちらが既婚者だとわかると相談客のモチベーションが下がるケースもある。

那波はあまり自分からプライベートなことは明かさないタイプの相談員ではあったが、石原の真剣な瞳に気圧（けお）され、「――結婚はしてませんが」と言う。

「……その、つき合っている相手はおります」

「いますよね……こんなに素敵なんだもん」

　意気消沈する石原になにをどう言えばいいのか。早々に、特定の相手がいることをバラしてしまって、やる気を削（そ）いでしまっただろうか。

「申し訳ございません。よけいなことを言いました」

「いえ……、私が訊いたんですし」

　自分に言い聞かせるように頷く石原は、髪を振り払い、「希望条件をお伝えしますね」と小首を傾げた。すらりとした首筋にほのかな色気を感じる。女性にはぴんとこない那波でもどきりとするぐらいだ。彼女なら、条件さえマッチングすればきっとうまくいく。

片側にリングノート、片側にタブレット式デバイスを置いて、那波は息を吸い込む。いつだって、この瞬間は最高にどきどきする。

石原の条件を満たす相手をかならず見つけてみせる。

意気込んだ那波に、石原のやわらかな声が届いた。

「年収は三千万円以上です」

「さ――!?」

今度は那波が目を丸くするばんだ。石原は美しい顔を崩さずに淡々と続けた。

「どんなに醜男でも構いません。身長も問いません。ただし、年収が三千万円以上です。それだけは譲りません」

これは、大問題だ。

石原との打ち合わせを終え、ため息をつきながら自席に戻り、机の上のスタンドに挿しておいたスマートフォンをチェックしてみた。いつもなら里見が「夕飯はなにを食べる?」とか「何時に帰ってくるのかな」とか他愛ないメールをくれるのだが、今日はめずらしく実家からメールが届いていた。差出人は、母親だ。

『これを見たら電話をください　母』

なにごとだろう。とりあえずこのあとは休憩のち書類整理だから、岸本に断って席を立ち、事務室の外に出て実家へ連絡してみた。呼び出し音が二回。

『もしもし』

「母さん?　俺だよ、勇。メール見たよ。どうしたの」

『あのね、……よく聞いて。聡子(さとこ)ちゃん、亡くなったの』

「え……」

一瞬、なんのことだかわからなかった。

聡子ちゃんが、と呟いて泣きだした母の声に、ふわりと親しみのある笑顔が脳裏に浮かぶ。

聡子は、同い年の従妹だ。母の姉の子どもで、幼い頃は家が近かったこともあってほんとうの兄妹のように育った。五年前、聡子は職場で出会った男性と結婚し、長野(ながの)へと移り住んだ。そこから毎年、年賀状をくれたものだ。

「聡子ちゃんが……なんで？　どうして……」

『交通事故なの。旦那様も一緒に……』

「そんな」

聡子の旦那さんには結婚式のときに挨拶した。二歳年上のとてもやさしそうなひとで、聡子にベタ惚れなのだと傍目にもわかるぐらいしあわせそうだった。ウエディングドレス姿の聡子を誇らしそうにエスコートし、はやし立てる客に照れくさそうな顔を見せていたあの男も亡くなってしまったとは。

言葉を失い、那波は廊下の壁に寄りかかりうつむいた。頭の中が真っ白で、泣いている母を励ますこともできない。

しかし、聡子に想いをめぐらせているうちにはっと思い出した。

そういえば。

「――子どもは？　あっくんは？」

あっくん。秋生という子どもは、聡子たちのひとり息子で、とにかく可愛らしい。

嚙みつくような那波の声に、母は気丈にも涙を吞み込む。

『……あっくんは、大丈夫。うちで預かっていたの』

「そう、なんだ……」

よかった、という言葉を口にしていいものか迷う。

「とにかく、今日そっちに行くよ。詳しい話を聞かせてほしい」

『ごめんね、仕事中に……』

「気にしないでよそんなこと。母さん、またあとで」

勇気づけるように言ったものの、那波は電話を切ったあともしばし放心していた。明るい笑顔の聡子が死んだなんて、信じられない。まだまだこれからだったのに。あんなにもしあわせそうだったのに。

ぼんやりとスマートフォンに視線を落とし、気づくと、里見に電話をかけていた。彼は家で仕事をしていたらしくすぐに出てくれた。

『勇？　お疲れさま、どうしたの』

やさしい声に、つんと鼻の奥が痛くなる。

こんなふうに出迎えてくれる家族の声を、聡子はもう聞けないのだ。

「あの……」

『ん？　……どうしたの』

声が上擦(うわず)ったことに気づいた里見が慎重に訊(たず)ねてくる。一緒に暮らしているとはいえ、お互いのことはまだ手探りの部分も多い。いきなり身内の死を告げるのもためらったが、どうにも抑えきれない悲しみを里見に聞いてもらいたかった。

「じつは……、いとこ……聡子ちゃんっていうんだけど、……俺と同じ年なんだけど……交通事故で亡くなったって連絡があって……」

言っている間にもじわりと目縁に涙がこみ上げてきて、視界がぼやけてしまう。

里見は、じっと耳を傾けてくれていた。

「ごめんなさい、いきなり電話して……」

『謝らないで。もっと話して勇』

「聡子ちゃんと俺、仲がよかったんです。結婚してからは少し縁遠くなっていたけど、とても律儀な子で、いつも年賀状をくれて……旦那さんもいいひとだったのに」

ひくっ、と喉が変なふうに鳴る。本格的に泣きだす兆候だと気づいて、ぐっと堪(こら)えた。いまはまだ泣くところではない。

『俺にできることある？　なんでも言って』

「……今日、実家に行ってきます。……あの、もしよかったら」

『一緒に行こう。俺も心配だよ。いまのあなたをひとりにしたくない。俺をもっと頼って』

「……はい」

涙がひと粒、頬をすべり落ちていく。

里見がいてくれてほんとうによかった。ひとりだったら、この衝撃に耐えられたかどうか。

ひとまず話をまとめ、仕事が終わったら近くの駅で待ち合わせようということになった。

それから那波は自席に戻り、隣の岸本に手短に事の次第を話して聞かせた。身内が不慮の事故で亡くなったと知ると、岸本も痛ましそうな顔を見せる。やさしくて、気のいい先輩だ。

「じゃ、もしかしたら通夜や葬式で数日休むことになるかもな。気にしないで、俺に任せろ」

「すみません。できるだけ穴は開けないようにします。予定していた相談客の方には、自分から日程振り替えの連絡をしておきます」

客商売なので、こういうとき無理やりにでも笑顔を作るのは結構大変だ。だが、ひとのしあわせな顔を見たいと思って始めた仕事だ。

嬉しい出来事の隣には、悲しみもある。乗り越えたい悲しみが。

努(つと)めて平静を保ちつつその日の仕事を終えた那波は、みんなに挨拶をして急ぎ足で里見が待つ駅に向かった。

「勇、ここだよ」

駅の改札口付近に、里見が待っていてくれていた。青と緑の端整なチェックのシャツに、品のいいベージュのチノクロスパンツを合わせている。髪も綺麗に整えている彼を見て、こんな場だけれど那波は少し笑った。

「一彰さん……最初の頃と全然違う」

「ホント？　いまはどんな感じ？」

「すごく格好よくて、隣に立つのが恥ずかしいぐらいです」

「またまた。俺はあなたに首ったけなんだよ。もっと舞い上がってほしいな」

　里見らしい甘い言葉に救われる思いだ。ふたりで地下鉄に乗り、実家のある中野区へと向かう。混雑した車内では里見が人垣からかばうように軽く抱き締めてくれて、那波はほっとして彼の広い胸にこつんと額(ひたい)をぶつけた。なにか言いたかったけれど、うまく言葉にできない。聡子の死をまだ受け止めきれなかった。だけど、現実だ。そして、まだちいさな子がたったひとり残されていることも。

　あっくん、と聡子たちは愛情を込めてその子を呼んでいたので、那波や両親も目いっぱい可愛がってきた。四歳になったばかりのはずだ。

　そんなちいさな子に、親が亡くなったことをどう話せばよいのだろう。

　電車が揺れて、ふらつく身体を里見がしっかりと引き寄せてくれる。

　この温かい手は、大切な愛情を知っている。那波は守られている。だから、あっくんのこともなんとかしたい。

中野駅に着いたら、徒歩で十分ほどのところに実家がある。ちいさな家だけれど、玄関は緑があふれ、心地好い。門の灯りが点いていて、那波たちを待っているかのようだった。一応チャイムを鳴らすと、「はい」と疲れきった母の声が聞こえてきた。

「俺だよ。勇」

「待ってた。どうぞ」

うしろにいる里見はいくらか緊張した面持ちだが、一緒に暮らすことになったとき、一度両親に挨拶している。男同士で愛し合っている事実はまだ話せなかったので、仲のいい友人とルームシェアをする、という建前になっているが。

扉が開いて花柄のブラウスを着た母が姿を見せた。那波の顔を見てほっとしたようだ。

「いらっしゃい、勇。あら、里見さんも来てくださったの」

「すみません、出しゃばって。なにかお力になれたらと思いまして。もしもお邪魔だったら帰ります」

「そんな、せっかく来たんだから入って入って」

落ち着いた里見の声に母は泣き笑いのような顔をし、「どうぞ」と誘ってくれる。

家の中は、静まり返っていた。

「……さっきまでね、あっくんがぐずってぐずって大変だったの。やっといま、二階で寝ているところ」

「そうなんだ……」

いますぐ二階に上がってあっくんの寝顔を見たいが、せっかく寝付いたところだ。ひとまず、里見にも家に上がってもらい、居間で話を聞くことにした。

居間には、父もいた。仕事から帰ってきたばかりのようで、まだワイシャツにネクタイも締めている。

こぢんまりとした居間にはクリームベージュのソファセットと、丸いガラステーブル。壁には、母の趣味の刺繍（ししゅう）がところ狭しと飾られている。億ション暮らしに慣れている里見から見たらとても狭いだろうと気が引けたのだが、前に来てもらったとき、ひどく喜んでいた。『家族になれた気分だよね』とそっと耳打ちしてくれたっけ。

「やあ、勇。里見さんも来たんだね。なにか飲むかい？」

「いえ、どうぞお構いなく」

里見は真剣な顔で言う。

「動いていたほうが気が紛れるの。頂き物の美味しい紅茶があるから、淹れるわね」

「ありがとう、母さん」

母が台所に立つ間、父が事情を聞かせてくれることになった。

「聡子たちは、姉さんの墓参りに行っていたんだ。墓は山梨（やまなし）の奥にあるから、車でも結構時間がかかる。だから、東京観光のついでに、あっくんをうちに預けていったんだ」

姉さん、というのは、聡子の母親だ。十年ほど前に聡子の母親は病で亡くなり、父親もあとを追うようにして癌で亡くなった。若くして両親を失った聡子を、那波の両親はできるかぎりの支援をしてきた。

保育園の保母さんになりたい、という昔からの夢を聡子はそのがんばり屋な性格で叶え、たくさんの子どもに愛された。そして、同じ保育園で働いていた男性と知り合い、恋に落ちたのだ。

「毎年毎年、あの子は墓参りに出かけていた。途中、狭いところもある険（けわ）しい山道だったんだ……そこを抜けようとしたが、カーブの向こうからスピードを出していた対向車が出てきて、聡子たちは避けきれずに……崖下に、落ちたんだ」

苦しげに声を絞り出す父に、那波も里見も黙り込んだ。

台所で、母がうつむいて泣いていた。姪（めい）の聡子と仲がよかったから、悲しみが強いのだろう。立ち上がってそばへ行こうと思った矢先に、か細い泣き声がどこからか聞こえてきた。

「二階だ」

里見が素早く立ち上がる。

「子どもが泣いてる」

「あっくんだ。父さん、ちょっと様子を見てくるから、母さんを頼む」

「わかった」

里見と一緒に狭い階段を上って二階の洋室をのぞくと、ベッドにちいさな姿があった。身体を丸め、ひっく、ひっく、としゃくり上げている。怖い夢でも見たのだろうか。それとも、目を覚ましたときにひとりきりだったのが寂しかったのか。

「あっくん」

驚かさないようにそっと声をかけた。それでもあっくんはびくりと身体を震わせ、怯(おび)えるようにタオルケットの中に隠れてしまう。

那波はゆっくり近づいて、こんもりとした塊をやさしく撫でた。

「あっくん、俺だよ。勇お兄ちゃんだよ」

「……ゆう……おにいちゃん……」

暗がりの中、鼻をぐずぐず言わせながら、あっくんがそろりとタオルケットの陰から顔を出す。茶色の巻き毛に、仔犬のようにまん丸の濡れた瞳。頬はふっくらしていて薔薇色だ。くちびるもさくらんぼのように赤くてなんとも愛らしい。

「あっくん、起きたの？　まだ寝てていいんだよ」

「……まま、いない……」

心細そうな声のあっくんはちいさなもみじのような手で瞼を擦っている。

「……うん、そうだね」

どうしよう。どう言ったらいいのだろう。肩越しに振り返ると、里見が戸口で見守ってくれていた。彼があっくんと会うのはこれが初めてなので、気遣っているのだろう。

「……ままは？」

「ママは、……ちょっとお出かけしてるんだよ。今日は帰ってこられないかもしれない。あっくん、俺が一緒に寝ようか」

「……まま」

聡子の愛情でくるまれて育ってきたあっくんの寂しそうな声に、胸がかきむしられる。大人だって厳しい現実を前にして怯んでいるのに、子どもにまでつらい目に遭わせたくない。事実は、いまはまだ秘密にしておこう。

「あっくん」

あっくんのちいさくてか弱い肩に触れて穏やかに撫でると、しだいにあっくんは身体を擦り寄せてきた。

まだ眠いのだろう。うとうとしていることに気づき、ベッドに寝かせようとしたが、枕に頭をつけようとすると、「やだ、やだ」と泣きそうだ。

「じゃ、俺とくっついてる？」

「うん……」

あっくんを抱き上げてやれば、ぎゅっと首にしがみつかれてせつない。一時(いっとき)でも聡子の代わりになれるだろうか。少しでも安心してほしい。

ぽんぽんと背中を軽く叩きながら戸口に向かうと、里見が待っていた。

「……あっくん、ていうんです。橋野(はしの)秋生くん、四歳」

「すごく可愛い。勇に似てるかも」

「ほんとうですか？　だったら嬉しいな」

また眠ったらしいあっくんを起こさないよう、ちいさな声で言葉を交わした。一階に下りていくと、父と母が涙を拭き、紅茶を淹れてくれていた。那波の腕の中で眠るあっくんを見て、母が真っ赤な目で微笑む。

「聡子たちがいないから寂しいのよね、あっくん。ずっと泣いてるの」

「事故のこと……なにかを感じてるのかもしれないね」

「そうね。……まずは紅茶をどうぞ。そろそろ私の弟も来るから」

その言葉を聞いて、那波は知らずと眉をひそめていた。

母の年の離れた弟、篤郎(あつろう)だけはどうしても好きになれないのだ。

四十代半ばの篤郎は、ぱっと見、いい男だ。若いときから女性にモテまくりで、独身貴族を楽しんでいるはずだ。不幸中の幸いにも婚外子はもうけなかったが、要するに、女性にだらしないのだ。有名米国大学に留学してちいさな貿易会社を経営しているところは評価できるが、女性を快感の道具としか見ていないようなつき合い方には甥の目から見ても不快だ。

とくに、那波は結婚というものを大切に思っているだけに、女性を移り気にチェンジする篤郎とは距離を置きたいのだ。

ひりひりする神経をなだめるために紅茶に砂糖を入れ、あっくんを抱きながらティーカップに口をつける。みな、一様に口を閉ざしていた。

落ち着いて、通夜の手配をしなければと思うのだが。すり、と頬を寄せてくるあっくんが温かい。この温もりを守らなければ。

「とにかく……葬儀の手配をしよう。もしよければ、俺の知り合いの業者がいるから、任せてみる？」

「そうね。聡子にはもう両親がいないし、旦那様も早くに親を亡くしたから……そういうところでも支え合っていたふたりなのにね」

「……お母さん」

里見が労るような目をしたあと、母の手をやさしく握る。

「僕も手伝います。こき使ってくれて構いません。なんでもします」

「まあ……、人気作家の桐生さんを顎で使うなんて知られたらファンの方に怒られてしまうわね」

里見の言葉に、母が涙ぐみながら笑う。それから、ひとつまばたきをする。さっきよりもしっかりした目だ。

「しっかりしなきゃ、ね。聡子たちのことは、……私たちでなんとかしましょう。勇、一彰さん、よろしくね」

「私からも頼むよ」

「こちらこそ」

両親の言葉に、那波たちはそろって頷いた。

そこへ、玄関のチャイムが鳴った。立て続けに三度。母が急いで出ると、背の高い男性がずかずかと入り込んでくる気配があった。振り向けば、叔父の篤郎だ。長身でゆるく癖のついた髪を撫でつけ、くっきりとした目鼻立ちをしている。仕事帰りだったのだろう。大柄で、紺のピンストライプスーツがよく似合っているが、油断はできない。

篤郎は勇たちをじろりと睨み、「久しぶりだな」と言う。その声であっくんが目を覚まし、篤郎の顔を見るなり強く那波にしがみついてきた。威圧感のある篤郎が怖いのだろう。

「お久しぶりです、叔父さん」

「聡子が死んだってな。葬儀の手配はもうすんだのか」

　気遣いの欠片もない言葉に、両親も眉をひそめる。けれど、ここは言い争いをする場面ではないと悟ったのだろう。

「これからなの。勇の知り合いの業者さんに頼もうかって……」

「いや、俺の知り合いに頼む。そっちのほうが話が早いしな。ああ、金の工面はするから心配するな。煙草を吸わせてもらうぞ」

「子どもがいますから、我慢してもらえませんか」

　傍若無人な篤郎に黙っていられず釘を刺すと、冷ややかな視線が飛んできた。ジャケットの内ポケットから煙草を出しかけた篤郎は、里見をひと睨みし、「きみは？」と訊いてきた。

「彼は——」

「赤の他人がどうして那波家にいるんだ。誰なんだ」

「里見一彰と申します。勇さんと……ルームシェアをしています」

　篤郎が扱いにくい人物だということを、里見も勘づいたようだ。うまくぼかしてくれたことに内心ほっとし、あっくんの背中を撫でる。

「ふぅん……どこかで見たような顔だが……」

「よくある顔です」

著名な作家であるのは隠しておくことにしたようだ。控えめな里見に感謝したい。篤郎は、自分よりも力量のある人間を見ると挑みたがる性格なのだ。もし、里見がミステリー作家の桐生だと知ったら、面倒なことになる。

葬儀を誰に頼むか、しばし話し合ったが、篤郎が頑として譲らないので、仕方なく一任することにした。ソファに深々と座って足を組む篤郎は、那波の腕の中で身体を縮こまらせているあっくんを見やる。

「その子ども、どうするんだ」

「どうするって」

ナイーブな話題を、いますぐどうこうできるわけではない。那波だって、考えあぐねていたところだったのだ。

「ひとまず、葬儀が終わるまではうちで預かります。ね、母さん」

「ええ、あっくんは私たちにも馴染んでいるし、そのほうがいいでしょう」

「だが、いずれはどうにかしないとな。施設にでも預けるとかしなきゃならんだろう。そんなガキは」

誰もがぼんやりとした不安を抱えているところへ、叔父は遠慮なしに爆弾を投げ込んできた。両親は真っ青だ。

ひどすぎる言葉に那波は顔を強張らせ、「やめてください」と声を絞り出す。いくらなんでも無礼すぎる。

「いまここで話すことではありません。ちいさくても、ひどい言葉はわかりますよ」

「俺は親切心で言ってるんだ。それともなんだ、勇、おまえがそのガキの面倒を見るのか？　手に負えないぞ」

火を点けない煙草を口に咥えてぶらぶらさせる叔父を睨み据え、那波はあっくんをしっかり抱いて立ち上がった。里見も一緒だ。

「葬儀の手配は叔父さんに任せますが――あっくんのことまで口を出さないでもらえますか。俺たちがちゃんと考えます」

それだけ言って、那波は篤郎に背を向けて居間を出た。あともう少し顔を突き合わせていたら、自分でもきついことを言いそうだったのだ。

静かな二階へと上がり、「あっくん」と呼びかけた。

「ごめんね、驚かせて」

「……ゆう、……」

「なあに」

あっくんが濡れた目で見上げてきた。

「ゆうと、いっしょにねたい……」

すがりついてくるあっくんに、「うん、わかった」と那波はやさしく言う。あっくんの願い事なら、どんなものでも叶えたい。

両親が使っている寝室にあっくんを運んで、そっとベッドに下ろし、自分も隣に横たわる。

「あっくんはいい子だねぇ……。俺ね、あっくんが大好きだよ」

「……あっくんも……」

あっくんは那波の手を摑んだまま、目を閉じる。子どもなのに、なんだか疲れた顔だ。可哀想に、と呟くと、里見がそっと近づいてきてベッドの端に腰掛ける。

「こんなにちいさいのに……」

そう言って、あっくんのやわらかな髪を里見は撫でる。長い指先は愛情に満ちあふれていて、とても穏やかだ。

「勇も疲れているよね。少し寝ていていいよ。あとで起こしてあげるから」

「でも俺、目覚めが悪いですよ。ご存じのとおり」

「大丈夫。熱烈なキスで目覚めさせてあげる」

彼らしい言葉に、ふっと笑ってしまった。胸が少しだけ軽くなった。いまさらながらに、里見がいてくれてほんとうによかった。

通夜を終え、二日後に聡子たちを出棺させた。間もなく梅雨が明けるのだろう。空は青く、厚い雲が浮かんでいた。

聡子たちは崖下に落ちたものの、不思議なほど顔に傷がなく、那波たちも涙ながらに最後の挨拶をすることができた。

母が急いでデパートで買ってきた白いシャツと黒い半ズボンを身に着けたあっくんは那波から離れたがらなかったので、ずっと抱いていた。

「ゆう、おなかすいたぁ」

数日も経つと、あっくんはすっかり那波に馴染み、少しずつではあるが笑顔も見せるようになった。ままと言う回数が少しずつ減ってきていることが内心不安だ。そのちいさな胸に悲しみを押し込めているような気がして。言葉を尽くさなくても、聡子はもういないことを、あっくんは勘づいているのではないのだろうか。

いつか、時が来たら、きちんと話したい。あっくんは間違いなくショックを受けるだろうけれど、自分たちがついているからと言いたかった。それはひどく余計なお節介でしかないかもしれないが。

「あっくん、おにぎり食べる？」

ともに葬儀に出席してくれた里見がにこにこと笑いかけるのだが、あっくんはとたんに黙り込み、那波の胸に顔を埋めてしまう。

どうも、身体が大きな里見が怖いらしいのだ。そういえば、叔父の篤郎の視線からも逃げていた。

「うう……嫌われている……」

しょげている里見に苦笑いし、「大丈夫ですよ。時間はかかるかもしれないけど、絶対に馴染みますから」と励ました。

三日間、葬儀のために仕事を休む間も、相談客に問題が起きていないか終始気に懸けていた。幸いにも那波の顧客はみな、穏やかな数日を過ごしたようだ。

ほっとして実家と自宅を行き来し、あっくんとも親交を深めた。

聡子たち亡きあと、気がかりなのはあっくんの今後だ。うるさい叔父、篤郎の言葉を借りれば施設に預けたほうがいいというが、そんな非情なことをしてもいいのだろうか。

四歳とはいえ両親がいない寂しさはあるはずだ。その証拠に、実家にいる間も、「ばぁば」「じぃじ」と両親を呼び、片時も離れないという。両親は可愛いあっくんにメロメロで、手元に置きたいようだ。

「でも、私たちも老いていくだけだしねぇ……あっくんが心配」

葬儀が終わり、那波の休日に合わせた水曜日、聡子たちが住んでいたアパートの一室に両親と集っていた。2DKの住まいは綺麗で、聡子らしく清潔だった。もう、主が帰ってこない部屋はがらんとしていて、カーテンを開けるひともいないのだ。そのことが寂しく思えたから、那波はカーテンを思いきり開け、初夏の陽射しをたっぷりと採り入れる。まぶしい光をまっすぐに受け止めるあっくんは床に座り、その瞳はきらきらと輝いている。

あっくんを守りたい。あっくんだけでも、前に進めてあげなければ。

胸にこみ上げる強い想いのままにしゃがみ込み、あっくんを抱き寄せた。そして、その笑顔に囁いた。

「――あっくん、俺と一緒に住む？」

「ゆう？」

「勇、あなた」

思いがけない言葉に、母は目を丸くしている。隣の父もそうだ。ふたりとも、キッチンのこぢんまりとしたテーブルにつき、外で買ってきたペットボトルのお茶を飲んでいる。

あっくんを抱き上げ、ぎゅっと抱き締めた。まるで、お日様の塊だ。温かい匂いとやわらかさは、なにがあっても守り抜きたい。

「待ちなさい。あなた、結婚してないでしょう。結婚していてもいきなり子どもを引き取るのは……」

「でも、このままだとあっくんは施設に行かなければいけなくなってしまう。叔父さんだって言ってたじゃないか。……俺、あのひとの言うとおりにはしたくない」

強い語調に、母はため息をつく。

「私もおまえの言うとおりだとは思うけど……でも、すぐに決めるのはよくないわ。里見さんと一緒に暮らしているんだから、あのひとにも相談してみて。それまでは、私たちが責任を持って預かるから」

「……わかった。話してみる」

「ゆう、……ゆう」

あっくんが身体をもじもじさせたので、苦しかったかなと顔を上げると、目が合った。至近距離でつぶらな瞳を見てしまうときゅんとしてしまう。こんな綺麗な目の前では絶対に嘘(うそ)なんかつけない。

あっくんは逃げるどころか、ぎゅっと抱きついてきた。

頬擦りをされて、その温かさに不覚にもじんわりきてしまう。あっくんのふわふわした身体を抱いていると、勇気が湧いてくる。この子だけはしあわせにしてあげたい。

父が笑顔でのぞき込んできた。

「あっくん。じぃじたちとハンバーグを食べに行こうか」

「いく！」

ぱあっと笑顔になるあっくんがいじらしい。ハンバーグはあっくんの大好物だ。

「あっくん、俺のハンバーグ、すっごく美味しいよ」

「……ゆうの？　はんばーぐ？　つくれるの」

「うん。得意なんだ。今度食べに来てね」

「いきたい」

あっくんの目がきらきらしているのが可愛い。よほどハンバーグが好きなのだろう。あっくんに食べてもらえるなら、腕を振るいたい。

ともあれ、この部屋は整理のことも考えて、あと半年は残そうということになった。那波と両親が休日ごとに訪れて、できるだけ早く片付けようとも。住人がいなくなった部屋はとたんに傷んでしまうものだし、厚意で退去を待ってくれる大家にも綺麗な状態に戻して渡したい。

母にあっくんを抱いてもらい、ひとまず辞去することにした。

「ばぁば、はんばーぐ」

「そうねぇ。美味しいの、食べようね。……勇。里見さんとお話ししてみて。私たちはちゃんと待つから。あっくんのことも、悪いようにはしないから」

「わかった。……じゃあね、あっくん。明日また電話するから、俺とお話ししてね」

「ばいばい。じぃじ、ねえ、ねえ、はんばーぐたべたい」

「お、よしよし、行こうね」

いまのあっくんはハンバーグのことで頭がいっぱいらしい。そんなところも元気な四歳児でよかった。

いつかは聡子たちのことを打ち明けなければいけないだろうが、まだ少し先でもいい。

あっくんを両親に預け、那波は急ぎ足で自宅へと戻った。里見がお腹を空かして待っているはずだ。マンション近くのスーパーに駆け込んで、安くなっていたひき肉と玉ネギを買い込む。パンと卵は買い置きがあるから大丈夫だ。

「ただいま帰りました」

自宅の扉を開けるなりそう言うと、仕事部屋の扉が大きく開いて、里見が笑顔を見せて駆け寄ってきた。

「おかえり、勇!」

玄関先で強く強く抱き締められ、那波は鞄とレジ袋を持ったまま笑いだしてしまう。ほんとうに、こころ待ちにしていてくれたみたいだ。

「今日はなに？」

「ハンバーグにしようと思って。あっくんが食べたがっているのを聞いていたら、俺も食べたくなったんです。いいですか？」

「もちろん。俺も手伝うよ」

「お仕事はいいんですか？」

「いまちょうど休憩を取ろうとしていたところ。今夜はもう少し書こうと思ってる」

筆が乗っているらしい里見に微笑み、ともあれクローゼットルームでジャケットを脱いでネクタイもはずし、窮屈な通勤着からゆるっとしたルームウェアに着替えると、キッチンに立った。

「ハンバーグかぁ。最近食べてなかったな」

いそいそと里見も腕まくりしながらキッチンにやってきて、那波の隣に立つ。「玉ネギのみじん切りは俺がやるよ」と言うので、ありがたく頼むことにした。

一緒に作っている場合は、里見の味音痴は発揮されないのだからちょっと不思議だ。手順を無視しているふうでもないのに、どうしてああも素っ頓狂な味付けになるのだろう。

だけど、せっかくの親切心を損ねたくない。彼は彼で懸命に作ってくれているのだ。その心意気は受け取りたいし、もしもメシマズな点を指摘するにしても、できるかぎり傷つけないようにしたい――というのも結構難しいと思うが。

「一彰さん、涙が出ないのが不思議です。俺毎回泣いてしまうんですよね」

「ふふ、ちいさい頃からの特技なんだよね。最近の玉ネギって品種改良されていて、涙が出る成分が抑えめになっているっていうニュースを見た」

「そうなんだ。じゃ、今度探してみようかな」

なんでもないことを言いながら支度をしていくのはことさら楽しい。ひとりだと黙々としがちだから、いつもはスマートフォンで音楽やラジオを流している。

余っていたパンをミキサーで細かくし、ボウルに空ける。そこへひき肉、里見がみじん切りにしてくれた玉ネギに卵を合わせ、丁寧に捏ねていく。肉がやわらかくなるようしっかりと揉み込んでいる那波の隣で、里見は米を磨ぎ、炊飯器にセットしていた。早炊きにしてあるから、三十分後には食べられそうだ。

いま頃、あっくんもハンバーグを食べているだろうか。聡子を想って泣いていないだろうか。

ふと気になったので、ハンバーグを焼く前に母に電話をしてみると、笑い声が返ってきた。

『あっくん、ハンバーグを食べたら満足そうに寝てしまったの』

「だったらよかった。また明日、電話するよ」

『里見さんによろしくね』

電話を切り、隣で様子を窺っていた里見に、「よろしくということです」と伝えると、「こちらこそ」と笑顔が向けられた。

ならば、ひとまずここは安心して自分たちもごはんを食べよう。

ハンバーグをこんがりと焼き、ソースとケチャップ、肉汁を合わせたものをかければ出来上がりだ。

「でーきた。できました」

「よし、テーブルに運ぼう」

木製のトレイに皿を載せて数往復し、テーブルを彩っていく。なんでもそうだが、出来たてがいちばん美味しい。洋風の店なら皿にごはんを盛り付けるところだけれど、ここは里見との食卓だ。いつも使っている茶碗にごはんをてんこ盛りにし、お味噌汁はわかめと豆腐だ。

「いただきます」

「いただきます！　ん、……ん！　美味しい。肉汁たっぷりだ」

里見が大きな口を開けてハンバーグにかぶりつき、嬉しそうにごはんを頬張る。

那波もほっとしてハンバーグを箸で切り分ける。美味しい。今日のハンバーグはうまく焼けた。たまに気を抜くと、焦げてしまったり、中が生のままだったりするのだ。

「やっぱりごはんはお茶碗に箸だよね」

「俺も同じことを考えてました。お皿にフォークだと、ちょっと気を遣いますよね」

「俺はしあわせ者だな。勇みたいに可愛くて芯のある男性を恋人にできるなんて。しかも、毎日こんなに美味しいごはんが食べられる」

「俺だってしあわせですよ。普通だったら、あなたみたいな人気作家と知り合うことはできません。結婚相談所に勤めていてよかったってしみじみ思います」

「だね。勇気を出して相談しに行ってよかったよ」

　ふたりの出会いを思い出して微笑みながら、満たされるままにごはんを平らげていく。食後は、里見が煎茶（せんちゃ）を淹れてくれた。いつも彼はまめで、家にいる間は那波をリラックスさせたいようだ。それでも、那波は那波で里見のためにこまめに働くのが苦ではない。結局一緒に皿洗いをして、夜のニュースを見ながら食後のデザートとしてメロンを食べ、「満腹満腹～」と言い合いながらバスルームへと向かう。

　里見の誘いで、一緒に風呂に入ろうということになったのだ。清潔なバスルームで背中合わせになって衣服を脱いでいる最中、那波は肩越しに里見の横顔をちらりと窺う。

　満たされきっているいまなら、大丈夫だろうか。

「一彰さん……あの、ですね。じつは大事な話があるんです」

「なになに？　俺と別れたいという話以外ならなんでもどうぞ」

「そんな話は絶対に出ないので諦めてください。……あの、あっくんのことです」

互いにシャワーをさっと浴びてバスタブに入ると、里見が真剣な顔を向けてきた。

「あっくんがどうかしたの？」

「一彰さん、あっくんのことどう思ってますか？」

「可愛いよ。可愛くて可愛くて食べちゃいたいぐらい。勇の従甥（じゅうせい）だということを抜いても、あんなに愛くるしい子はそうそう見ないよね。もっと親しくなれたらいいんだけど……」

「……なれるかも、って言ったら、どうします？」

なかなか結論に至れないのが自分でももどかしい。「あっくんを引き取りたいんです」とずばり切り込んで、「無理だよ」と言われるのが怖いのだ。

「……あっくん、ひとりで寂しいと思うんです。まだ四歳だし、たぶん事情もわかっていなくて……だから、……だから」

「勇」

里見にぎゅっと手を握られて驚いた。

見れば、里見はやさしく微笑んでいる。那波のことが好きなのだと打ち明けた日からずっと変わらない、誠実な笑みだ。

「――俺たちであっくんを引き取ろう？　ふたりで育てようよ」

「一彰さん……！」

とっさに、「はい」とは出てこない。

そのひと言を言わせてしまったのではないかと思うこころもあった。自分はともかく、里見にとっては他人の子だ。いまは可愛く思えても、どんどん成長をしていくにつれて、生意気な口を利くようになるかもしれない。反抗期だってきっとある。幼児期にだって、抗うこころはあるのだ。そういう現実を目の当たりにしたとき、まだ「可愛いよ」と言えるのかどうか。

里見の覚悟を知りたい。

那波は何度も息を呑み、舌先でくちびるを湿す。

「――でも、いいんですか？　あの子は俺の従甥で、あなたと俺は恋人だけど、その、男同士だし」

「いずれ、どちらかの養子とすればいいんじゃないかな。もちろん、その前に俺があなたの籍に入ってもいいよ。となると、あっくんと俺は兄弟になるのかな。あっくんが四歳で、俺が三十二歳。二十八歳差の兄弟？　そういうのも新鮮だよね。って、思いつきで言っているように聞こえるかもしれないけど、大丈夫だよ。俺を信じて。あなたの大事なあっくんを、俺にも守らせてほしい」

こんな言葉、お世辞では絶対に言えない。

にこにこ笑う里見に熱いものが胸にこみ上げてきて、思わず抱きついた。逞しい首にしっかりしがみつき、「――大好き、です」と呟く。

子どもを育てるという大変な責任を負おうとしてくれる男に添い遂げたい。

「あなたが大好きです。俺、なんでもします。一彰さんのためにも、あっくんのためにも」

「俺も勇が大好きだよ。安心して。この気持ちが冷める日は来ないから」

「……一彰さん……あ、……」

薔薇のオイルを垂らしたバスタブで抱き合っていたら、いつの間にか里見の膝の上に抱き上げられていた。お互いの昂ぶりが擦れ合って、反応してしまう。

「ダメ……ですよ、お風呂の中なのに……」

「前に、俺が口でいかせたことがあった。覚えてない？」

覚えている。忘れるわけがない。

まだ互いを深く知り合う前だ。ホテルのバスルームで熱っぽく抱き合い、相談客と深みにはまってしまったことへの罪悪感に悩む那波を甘く蕩かしてくれたのだった。

「これぐらいのことじゃいかないって、あのときのあなた、意地張ってたよね」

言いながらペニスの先をくりくりと指で揉み込まないでほしい。苦しいほどの快感がこみ上げてきて、芯を硬くしてしまう。

「あ、……っん、――ん、かず、あき……さん……」

「反響してやらしい声だ……もっと俺の名前を呼んで。欲しがって。俺ね、勇に求められると安心するみたいなんだ」

顎の下のやわらかな部分に噛みつかれて、よけいにのけぞる。そうすると、胸だけではなく、互いの性器も強く擦れて、びりびりと甘い電流が身体中を走り抜ける。気持ちいい、なんてものではない。射精してしまいたい。

「やだ、……だ、め、だめ、あ、……っん……」

悩ましい声を上げる那波の腰を摑み、里見はふたりの性器をまとめて摑んだ。ぐしゅぐしゅと根元から扱かれると、湯の中に放ちそうで怖い。

「勇……おっぱいが勃ってるよ。ほら」

「あ……」

くちびるで挟まれた胸の尖りが、猥(みだ)りがわしい朱に染まっている。ふっくらと腫(は)れ上がってしまっているのは、里見に性器を刺激されているからだ。彼に抱かれるようになって、初めて胸でも感じるようになった。以前の恋人にはまったくこんなところ感じなかったのに。里見に大切にされているという充足感が手足の先にまで行き渡り、熱く火照らせる。

だから那波からもゆるく里見の身体に手足を巻き付け、ぎゅ、とそこを重ね合わせた。

「気持ちいい……です、……ど、しよう……」

「いいことだよ。勇はどんどん感じやすくなってる。あ、でも、あっくんを引き取ったらあなたを取り合いになってしまうかな?」

可笑しそうに言う里見に笑いかけ、「じゃあ……いま、いっぱい欲しがってください」と彼の耳元で囁く。

「あなたに欲しがられるの、俺も嬉しいんです。すごく、嬉しい。気持ちいいことをしているのに、泣きたくなる……、ん、——ぁ、……あ、待って、ま……っ」

「ダメだよ、あまり可愛いことを言うと俺はあなたをめちゃくちゃにしたくなる」

里見が少し強めに肉竿を擦ってくるから、那波は声を嗄らしてのけぞった。どうしよう、ほんとうにいきたい。だけど、疼く中をどうにかしてほしい。

「一彰さん……かずあ、き……さん……」

「せつない声で俺を呼ぶようになったね。可愛い……じゃあ、もう少ししようか」

湯から立ち上がった里見は那波をうしろ向きに抱き締め、猛った己で尻の狭間を擦り上げてくる。

「あっ、……挿れて、くれる……んですか？」

「ううん、ここにはローションがないから。でも、任せて、狂わせてあげる」

扇情的な言葉にぞくりとして、バスルームの壁にすがった。ベージュとサックスブルーを基調としたバスルームはやわらかな灯りで満たされ、那波の痴態をくまなく浮かび上がらせてしまう。

里見が厚い胸板を押しつけてくる。それにともなって、力強く勃ち上がる男根もぬるりと尻の割れ目を擦ってきて、思わず喘いだ。

「挿れ、て……いいです、一彰さんの、欲しい……」

「慌てないで、勇。これはほんの小手調べ。このあともっと……」

言いかけた里見が、「ん？」と顔を上げた。あたりを見回し、耳をそばだてている。その様子に気づいて那波も肩越しに振り返り、「どうした、んですか」と掠れた声で訊いた。

「……鳴ってる？　鳴ってるよ、あなたのスマホだと思う」

「え？　あ、……あ？　ほんとだ。ごめんなさい」

色っぽい雰囲気が一瞬のうちに霧散し、急いで脱衣所に出てみると、洗面台に置いていたスマートフォンが鳴っていた。

液晶画面には、「実家」とある。ちょうど最後の呼び出し音でなんとか出られた。

「もしもし？　母さんどうしたの」

『夜遅くにごめんなさいね。あっくんがずうっとあなたを呼んで泣いてるの』

「え……」

胸が甘くときめいてしまう。だけど、心配でもある。壁にかかった時計を見上げれば、夜の十時。あっくんの年頃ならとっくに熟睡しているはずなのに。

里見も出てきて、うしろからバスタオルで身体を拭いてくれた。

「怖い夢でも見たのかな。俺、これから行こうか？」

『そうね……そうしてもらおうかな。私たちではどうしてもご機嫌斜めみたいなの』

母も疲れた声だ。懸命にあっくんをあやしていたのだろう。「いますぐ出るよ」と約束して電話を切り、待っていた里見に向き直る。その顔はまだどこか物欲しそうで、那波としても応えたいのだが、いまはあっくんが優先だ。

「あっくんが夜泣きで眠れないみたいなんです。俺を呼んでるって。ちょっと行ってきます」

「だったら俺も行くよ。せっかくだから、この際、お父さんとお母さんにあっくんを引き取る話をしよう」

「今日これから？」

驚いたが、里見は真面目な顔で頷く。

「詳しいことはまた後日でいいとしても、俺たちが責任を持って引き取りたいと言おう。承諾してもらえれば、この部屋に連れてきてゆっくり寝かせてあげられる」

「……そうですね。そのほうがいいかもしれない」

「客用布団があるから、それを使おうか。でも夜泣きをしているなら一緒に寝たほうがいいかもね」

「とりあえず、行きましょう」

あれこれ話し合うのはタクシーの中と言い交わし、身なりを整えて部屋を出た。

タクシーはマンション前で拾うことができたので、夜の道を飛ばしてもらった。

中野の住宅街はしんとしている。このあたりは一軒家が多い。実家前でタクシーを停めて、「先に降りていいよ」と言う里見に礼を言い、自宅のチャイムを鳴らす。

すぐに母があっくんを抱いて出てきた。

「早かったわねぇ」

「……ゆう！」

水色のパジャマを着たあっくんが両手を突き出している。ついさっきまで泣いていたらしく、目元が赤い。そのことにほろりときて、あっくんを受け取って抱き締めた。ふわりと温かく、どこか甘い匂いがする。

「あっくん……俺のこと、覚えててくれたの？」

「ゆう、……ゆう」

あっくんが両手を首に巻き付けて抱きついてくる。その顔はもう安心しきっていて、追いかけてきた里見もほっとした顔だ。

「あっくんねぇ……、ゆうのゆめ、みたの」

「そうなんだ。それで俺に会いたくなったの？」

「……だめ？」

「だめじゃない。嬉しいよ、あっくん。俺も会いたかった」

なんて可愛い子なんだろう。もう離せない。あっくんに頬擦りすると、嬉しそうな声が上がる。

「ゆうのはんばーぐ、たべたい」

それで夢を見てくれたのか。可笑しくて笑いだしてしまった。母があっくんの髪を撫でつけ、那波たちを手招いた。

「ともかく、お茶でもどう？」

「うん、ありがとう。でも母さんも眠いんじゃないの？」

「お茶ぐらいどうってことないわよ。里見さんもどうぞ」

「ありがとうございます」

ふたりで部屋に上がると、父が目をしょぼしょぼさせながらテレビを観ていた。

「おお、来たのか。悪いねぇ、夜遅く。あっくんがどうしても勇に会いたいって言い張って」

苦笑いする父も紺地のパジャマ姿だ。母は花柄のパジャマにカーディガンを羽織っている。ふたりとも、一生懸命あっくんを寝かしつけようとがんばったのだろう。

四人でソファや床に置いたクッションに思い思いに座り、熱いお茶を飲んだ。あっくんはもちろん那波の腕の中だ。もう眠そうにうとうとしていたので、「寝ていいよ。あっくん」と声をかけた。

その薄い瞼が閉じ、すぅ、と穏やかな寝息が聞こえてくることに那波は微笑み、両親を見やった。

覚悟は決めてきた。里見とふたり、タクシーの中で確認し合った。

「父さん、母さん。俺、里見さんと話し合ったんだ。——あっくんを育てていきたい」

「勇……」

「本気なのか」

昼間に聞いた話でも、やはり案じてしまうのだろう。

「こんな言い方は失礼かもしれないけれど、犬や猫とはわけが違うのよ。可愛い顔ばかりじゃない。子どもは、思いどおりにならないものよ」

「それでも、あっくんを引き取りたい。幸い、いま住んでいるマンションは広いし、里見さんも賛成してくれた。籍をどうするかということだけど、まだ葬儀が終わったばかりだし、すぐには動かさないほうがいいと思う。でも、そのときが来たら、俺の養子にしたい」

「勇、もしおまえに好きな女性ができたらどうするんだ?」

当然来るだろう質問に、那波は里見とちらりと目配せする。これもタクシーの中で話し合った。

那波はゲイなので、男しか好きにならない。なにをどう間違っても女性と結婚することはないのだが、いまそれを正直に打ち明けてさらに両親を混乱させることもないだろう。

「——理解してもらうよ。俺にはあっくんという連れ子がいるって。それで引くようなひとなら、縁がなかったって話になる」

「でも、里見さんは？　あなたにとっては赤の他人でしょう」

「あっくんと勇さんも、僕から見たら他人です」

静かな声で、里見が言う。その声に秘められた力強さに、那波は振り向いて彼を見つめた。恋人であることはまだ明かしていない。両親にとって里見と那波は仲のいいルームメイトのままだ。

「他人同士が力を合わせて夫婦になりますよね。勇さんと僕も他人ですが、縁があって同居する関係になりました。だから、できないことはありません。僕は……たぶん結婚はしない予定ですし子ども好きなので、よけいに、あっくんを引き取りたいと思っています。我が子のように可愛がると約束します」

確信に満ちた里見の声に、両親は顔を見合わせている。それから、長い息を吐いた。

「勇は頑固な子だから、止めても引かないわよね……」

「母さん、いいのかい。おまえだってあっくんを可愛がっていたのに」

「あんなに勇を求めて泣かれちゃねぇ……」

母は迷った様子で、那波に抱かれて眠るあっくんの頬をそっと撫でる。

しばらく口を閉ざしていたが、ようやく顔を上げて那波を見つめた。

「……あっくんのこと、大事にできる？」

「絶対に」

「なにかに悩んだら私たちにも相談してくれる?」

「もちろんです」

隣の里見もしっかり頷く。

それでもまだ母は思い悩んでいたが、やがてため息をついて、深く頷いた。

「様子、ちょくちょく見に行かせてね。あっくんは私たちにとっても大事な存在なの。聡子の遺した宝物だもの。勇、あなたもね」

「俺たちもまめに遊びに来るよ」

あっくんのやわらかな髪を指で梳いて微笑む母が、お代わりのお茶を淹れるために立ち上がったときだった。玄関のチャイムが鳴ったので、急いで走っていった。

「あら! あなた、どうしたの」

「たまたま近くを通ったんだ。あのガキはどうした」

ここにいても、太い声が聞こえてくる。母の弟である篤郎が来たのだ。本能的にあっくんを抱き締めると、「ふぇ……」とちいさな声が漏れる。あっくんはいまにも泣きだしそうな顔だ。

「なんだ、おまえたちもいたのか。……ガキは?」

我が物顔で入ってくる篤郎に、形ばかりの会釈をした。隣で、里見も丁寧に頭を下げている。

「そういう言い方、やめてください。あっくんです」

「秋生だろ。なんでおまえが抱いてるんだ」

居間に入ってきた篤郎は青いシャツに足の長さを引き立てるグレンチェックのパンツを身に着けている。ちらっと見ただけならいい男だが、口が悪すぎる。もし、彼がスイート・マリッジに来たとしたら、相手選びに相当難航するだろう。

今日は許しを得る前に篤郎は煙草に火を点けて、どかりと父の隣に腰を下ろす。気のやさしい父は那波たちの手前もあってか篤郎を気遣い、ソファの片隅へと寄った。母は困った顔で、空気清浄機のスイッチを入れている。

横柄で図々しいという以上に、篤郎が苦手なのは理由がある。那波と面差しが似ているのだ。やさしい感じのする目元、通った鼻筋、微笑むためのくちびるが、篤郎にとっては怒りを表すものとして配置されている。自分と似た相貌の男が乱暴な言葉遣いをするからいやなのだ。それでも、もっと幼い頃は、いくらか可愛がってもらった覚えもあるのだ。手を繋いで公園に行った記憶はいまでもある。叔父はいつからこんなふうになってしまったのだろう。

「寝てんのか、秋生」

「……ええ、まあ。大声を出すと起きてしまうので。さっきまで泣いて体力を使っていたから、寝かしておいてくれませんか」

「なんで泣いてたんだ。ガキはこれだから面倒だよな」

ちっと舌打ちする篤郎を本気で睨んだ。普段、接客業だから笑顔を作るのは慣れている。里見と暮らすようになってからはこころの平穏も得た気がして、ずっと微笑んでいることができた。しかし、篤郎はべつだ。こんなにもちいさい子を前にして、よくもそんなに冷たい態度が取れるものだ。我が叔父ながら呆れる。

煙草の煙が流れてこないほうへと移動する那波に、里見が付き添ってくれる。那波が、あっくんを大切に抱き締めているのが気になったようだ。篤郎は眉を跳ね上げ、睨み据えてきた。

「——おまえ、ずいぶんそいつを大事にしているようだな。同情してんのか」

「いけませんか？」

真っ向から刃向かうと、叔父は皮肉交じりな笑みを浮かべて足を組む。

「同情したって誰かが金を払ってくれるわけでもないだろ。いいから、俺のアドバイスに従ってそいつは施設に預けろ。まだガキなんだからいまのうちに——」

その先が聞きたくなくて、那波は血相を変えてあっくんを抱きながら立ち上がる。

「この子は俺が引き取ります。俺が育てます」

「なに言ってんだおまえ……こいつは他人の子どもだぞ？」

呆気(あっけ)に取られた叔父は煙草を吸うことも忘れている。

「おまえなんかが育てられるわけないだろう。バカなこと言うな、勇。結婚してないだろうが」

「結婚してなかったら子どもを育てちゃいけないんですか？　そんな法律ないですよね。——俺と里見さんは、あっくんをしっかり育て上げます。そのためならどんなことでもします」

言い切った那波に叔父がもどかしそうな顔で立ち上がる。すかさず、里見が前に出て、那波たちをかばう。

「僕もこの子のためならいままで以上の努力をします」

「できるわけないっつってんだろう！　勇、早まるな！」

「どうしてそこまで拒絶反応を示すんですか？　勇さんだって子どもを育ててもおかしくない年齢ですよ。これは、僕たちの話です。あなたにご迷惑がかかることではありませんが」

冷静な里見に、叔父がわずかに怯んで後じさった。だが、うしろにはソファがある。そう広くない居間なので、すぐ突き当たってしまい、叔父は忌々(いまいま)しそうに舌打ちして里見の肩を押しのけた。

「叔父さん」

「こんなバカバカしい話につき合ってられるか！　俺は——」

悪態をつきながら、叔父が振り返った。一瞬、その目に戸惑いが浮かんだのを見て、那波の胸が揺れる。

なにが言いたいのだろう。

「叔父さん……」

ふん、と鼻を鳴らして、篤郎は来たときと同様、どすどすと床を踏み鳴らして帰っていく。あっという間に現れて文句を言うだけ言って、帰ってしまった。いったい、なんだったのだろう。

嵐が過ぎ去ったあとの静けさに、みんなで顔を見合わせた。

早まったと思うはずがない。あっくんを見たときからずっと考えていたことだ。

そのあっくんは、那波の腕の中で、スイッチが切れたみたいに目をまん丸にしていた。大人たちの怖いやり取りに泣き声を上げることとも忘れていたようだ。

「……あっくん、ごめんね、びっくりさせて」

やさしく髪を撫でると、あっくんの顔がじわじわと赤くなってくしゃりと歪(ゆが)む。

「ゆう、ゆう、うう、やだぁ、やだ、こわいの、やだぁ……」

胸にすがって泣きだした子どもに大人は慌てて口々に「ごめんごめん」と謝る。那波はソファに腰を下ろし、あっくんのちいさな肩を抱き寄せる。

「ごめんね、もうないから。おっかないのは終わったから大丈夫だよ」

「う、う、ゆう、おこってない……?」

「怒ってない、全然。ねえ……、あっくん。俺たちの子になってくれる?」

「ゆうのおうちにいくの……?」

ひくん、と喉を鳴らし、あっくんは真っ赤な目で不思議そうに見上げてきた。

「ままとぱぱは……？」

当然訊かれるだろう質問だ。事実を伝えたほうがいいだろうかと思い悩んでいると、那波のうしろから里見がのぞき込んできた。

「あっくんのパパとママは、ちょっと遠いところにお出かけしなきゃいけないんだ」

里見の低い声にあっくんは少しおののいているが、いまは興味が勝ったようだ。おそるおそる、里見と視線を合わせている。里見のほうももちろん怖がらせるつもりはないので、床に跪（ひざまず）き、ソファの縁にちょこんと顎を乗せてあっくんを見つめていた。

「いつ……かえってくるの」

「少し先かもしれない。だから、僕たちのところにおいで。僕と勇と三人でママたちの帰りを待とう？」

「……まま、……」

あっくんはうつむき、ちいさな声で呟いた。

「まま、……かえってくる？」

里見は声に出さず、頷く。

その判断に、那波も内心賛成だった。

ママとパパはもういないんだよ、と言っても、四歳のあっくんには言葉にできない深い悲しみを与えるだけだ。ただ、いまは会えない。それだけでも重いのだから。

いつか、真実を明かす日が来る。その日が来るまでに、あっくんを健やかに、そして強く育ててあげたい。つらい出来事を知っても、あっくんはひとりじゃないと思ってもらえたら。

いくら考えても、言い訳に過ぎないことはよくわかっている。いいひとぶりたいだけかともし も誰かに言われたら、反論できないかもしれない。

それでも、あっくんを施設に送ることはできなかった。老いていく両親に背負わせるのも大変だろう。児童相談所に連絡をすることも考えたが、やはりあっくんは自分たちで育てたい。

あっくんを守る。すなわち、大きな責任を持つということに那波はひとつ頷き、「あっくん」と囁いた。

「俺のところにおいで。美味しいハンバーグ、いつでも作ってあげる」

「……はんばーぐ！　……ほんと！」

「ほんとうに」

「じゃあ、ゆうんちいく」

とたんに明るい顔になったあっくんが可愛くてしょうがない。里見も、両親も思わず噴きだしていた。

はしゃいだあっくんが抱きついてきたのをきっかけにもう一度抱き上げ、「今夜から預かるよ」と両親に向き直った。

母は、まだどことなく心配そうだ。

「……勇、考えてみたけど、こうしましょう。あっくんのためにも、あなたたちのためにも、まず三か月一緒に暮らしてみるのはどう？　そのうえで、今後のことを詳しく決めましょう。篤郎もなにか考えがあって反対しているのだろうし」

「三か月か……」

試用期間、というわけだ。強行突破して両親をますます不安にさせるよりも、ここは一歩下がって頷き、三か月をきちんと勤め上げることが大事だろう。里見を見ると、彼も同じ気持ちだったようで目配せしてきた。

「わかりました。その案、お受けします」

「それじゃあ、今夜はそろそろおやすみの時間かしらね。ねえ、あっくん、ばぁばは寂しいな。どうしよう」

「さみしい？　ばぁば、どこかいたいの？」

那波に抱かれてすっかり安心しきっているあっくんが、絵画にある天使のようなちいさな手を母に伸ばしてひらひらさせる。

「ばぁばのいたいのいたいの、とんでけー」

「あっくんはほんとうにいい子ねぇ……」

その手にそっと触れる母の目は涙に光り、父と里見は穏やかに見守っていた。


マンションの一室を綺麗に掃除し、そこをあっくんの部屋にしようということになった。だが、まだあっくんは幼い。自宅にいるときは里見か那波の視線の届く範囲にいたほうがいい。

部屋を整えるのは明日からということで、今日はもう遅い。あっくんは実家からタクシーで戻る最中にぐっすり眠り込んでいたので、真ん中へと寝かしてやった。あっくんをふたりのベッドに運び、いまも静かだ。その規則正しい寝息を聞きながら、那波は里見に笑いかけた。

「……ありがとうございます。それから、どうかよろしくお願いいたします。流れとはいえ、里見さんを巻き込んでしまって」

「こんなトラブルなら大歓迎だよ。勇、一緒にがんばろう。今日はお風呂に入って俺たちも寝ようか」

「そうですね」

互いに自然と顔を近づけ合い、くちびるを重ねようとしたところで、視界の片隅でころんと寝返りを打つちいさな塊にはっとなった。

「あ」

「……あ」

今日からキスもしばらくお預けだろうか。

内心戸惑っていると、里見が可笑しそうにちゅっと鼻先にくちづけてきた。

「これぐらいは許されるよね。勇、おいで。よこしまな気持ちは抑え込んで背中を流してあげるよ」

「じゃ、俺も……精いっぱい我慢してお背中を流します」

ふたりして笑い、ベッドルームの扉は開けたままバスルームへと向かった。


あっくんというちいさな天使を迎え入れ、慌ただしい毎日が始まった。

自宅仕事の里見はともかく、那波は毎日外に出かける。三か月とはいえ、保育所を探したほうがいいという話になったので、近所を探し回った。

まずは三か月という期間限定で、四歳の子を預けたい。そんな我が儘(わがまま)な希望を受け入れてくれるありがたい保育所があるのだろうか。調べると品川区は子育て支援が手厚いようでこのへんも都内とはいえ、子どもの姿を見かける。保育所難民が多いという記事を新聞で読んだとき、大変だろうなと案じたが、まさかこんなにも早く当事者になるとは思わなかった。

ゲイとして生きていくなら、子どもは一生持てないと諦めかけていた。そこへ、あっくんが現れた。あっくんをかすがいにして、里見ともより深く繋がっていきたい。

保育所探しに奔走して一週間目、慈悲深い神様はどこかで自分たちを見てくれていたようだ。引っ越しした家族のおかげで、定員に空きが出たという保育所にあっくんを抱えて里見と駆けつけ事情を話すと、初老の所長が笑顔で受け入れてくれた。

朝九時から午後五時まで、あっくんを保育所に預けることが決まった。それでとたんに寂しそうにするのが里見だ。

「あっくん、保育所に行っちゃうのかぁ」

リビングのソファに座って、電話機を模したおもちゃで遊んでいるあっくんの頭を撫でようと里見が手を伸ばすと、さっとちいさい身体が引く。

「……や」

「うう……あっくん、そんなに俺が嫌い？」

あっくんと里見の仲は深まらないばかりか、溝が生まれている。いまも用心深く里見を見つめ、あっくんはおもちゃをぎゅっと握り締める。

「ねえ、俺のどこがダメ？」

あっくんとどうしても仲良くなりたい里見の懸命な言葉に、けれど我が従甥はすげない。

「……かず、おっきいもん」

里見のことは、あれこれ迷った挙げ句、「かず」と呼ぶことにしたようだ。那波は前と変わらず、「ゆう」。あっくん自身は「あっくん」。この年の子どもらしい傍若無人さが愛おしくてたまらない。

「俺、大きいとダメ？　あっくん怖い？」

肩を丸めて精いっぱい身体をちいさくしようとする里見に、あっくんはくちびるをへの字に曲げ、こくりと頷く。

仕方ない。この年頃は警戒心も生まれ始め、とくに大人の男性を本能的に怖がる向きがある、と昨日読んだ育児書に書いてあった。

「これだけ慎重だったら、誘拐される心配もないかも」

強張る空気を和らげたくて那波はキッチンで熱い紅茶を淹れ、里見に「どうぞ」と笑顔で渡す。

彼の親切は無下にしたくないし、こんなに早く挫折もしてほしくない。

「あっくんにはリンゴジュース。どうぞ」

「りんご！　あっくんねぇ、りんごがいちばんすき」

「ふふっ、そうなんだ。他にはどんな果物が好きかな？」

「めろん。あとー、ばなな。あとね、……なし？」

那波のやさしい問いかけには、あっくんはすらすらと答える。しかし。

「俺もナシ大好きだよ」

「……ふーん……」

里見が会話に交ざると、あっくんはするりと笑顔の幕を下ろしてしまうのだ。むごい。むごすぎる。大人の男でもこの仕打ちには悶絶しそうだ。

「……あっくん冷たい……」

肩を震わせる里見は花柄のティーカップを持ってうなだれるが、「――でも」と開き直った。

「これだけツンデレだと、あっくんは将来モテモテになりそうだね」

里見も懲りない男だ。可笑しくて可笑しくて、那波はひとり笑い転げてしまった。

あっくんは幸いにも保育所に馴染み、毎日元気になにがあったか報告してくれるようになった。

那波の出勤や退勤時間の都合で、在宅している里見が送り迎えしてくれるが、そこだけはなんとかあっくんも納得してくれた。

保育所にお友だちができたらしく、那波が仕事から帰ってくるとぱたぱたと奥から駆けてきて、

「ゆう！　おかえり。きょうね、きょう、おすなばであそんで、ようちゃんとみっくんがね」と

可愛らしい声で賑やかに喋(しゃべ)ってくれる楽しさは、なんとも言えない満足感がある。キッチンでお喋りする那波とあっくんを見たいらしく、最近の里見はよくダイニングテーブルで仕事している。その顔は、とてもしあわせそうだ。

「……那波さん？　どうしたんです？　なんだか楽しそう」

女性の呼びかけに慌てて顔を引き締めた。いけない、ここは仕事場だ。

応接室で目の前に座っているのは、石原ルナ。今日はサーモンピンクの女性らしいリボンが胸元を飾るワンピースを着ている。チークも口紅もやさしいピンクで、ほんとうに美人だ。彼女とはすでに数回会っているのだが、毎回その美貌に目を留めてしまう。女性にはピンとこない那波ですらこうなのだから、世の男性は放っておかないはずなのだけれど。

しかし、ここ最近の面談で、彼女がどうして恋人を作らずに相談所に来たか、わかった気がする。注文がめちゃくちゃ多いのだ。しかも、相手に求める条件のハードルが高い。まず、年収は三千万円以上。東京出身であること。有名大学卒であること。結婚後に両親とは一緒に住まないこと。まだまだある。彼女の条件をリスト化したら、あまりの多さに目が点になった。

対して、石原のほうは、幼稚園から大学まで一貫教育で有名な女子校出身。世田谷(せたがや)の一軒家に両親と住み、高校、大学時代は人気女性誌のモデルもこなしていた才女だ。いまは家事手伝いとして、花嫁修業に勤しんでいる。すらりとした細身で、肩は華奢(きゃしゃ)だ。守ってやりたいと願う男性も、尽くしたいと思う男性も大勢いるだろうに。

さまざまな条件を出してくる石原だが、不思議なことがひとつある。

「——石原さん、相手の男性の外見と性格については言及しませんね。もし、やや乱暴な男性があなたの条件をクリアしてつき合いたいと言ってきたらどうするんですか?」

「もちろん、お受けします。お金という絶対条件の前ではどんな性格も呑み込めるものです」

美しい声で言われると、妙な説得力がある。

だけど、那波としてはそれでいいのかという気持ちもある。那波はゲイだから、実際の結婚からは縁遠い。しかし、いまは里見というパートナーを得て、擬似的ながらも家族関係を築き上げている最中だ。

そこに、あっくんという天使も加わった。毎日、誰かしらが賑やかに騒いでいる。大人だけの落ち着いた世界に、あっくんという煌(きら)めきが射し込んできたおかげで、次になにが起きるか予測がつかない。誰がなにを好み、なにを面倒がるか、どんなことにハマっているか、三人の男子が寄り集まった暮らしのなかで互いの接点を見つけていくのがなにより楽しい。

そこへいくと、石原はそういうことを一切排除して財産、学歴というステイタスだけを取り繕おうとしているのではないか。そうした冷たいまなざしは、男性にも伝わるはずだ。

もし、条件どおりの男性が現れたとしても、うまくいかない気がする。

「石原さん……お言葉ですが、もう少し条件を下げたほうがいいですよ」

「なぜですか？　私は希望どおりの男性が欲しいの」

「男性は商品ではありませんよ」

「商品でしょう？　ここでは私も商品の一部でしょう？　結婚相談所なんだから、条件が合致する商品同士が知り合う場所だと思うのだけど」

　返す言葉もない。そのとおりというところもあるからだ。

「私の言葉がすぎました。申し訳ございません」

「那波さん、お詫(わ)びの印として、——もしよかったら、一緒にお出かけしませんか？」

「私とですか？　なぜ」

　困ったように笑う石原は髪を揺らし、小首を傾げる。

「私が面倒な女だということは承知しています。こんなに綺麗なのに恋人がいないんですもんね。高望みしすぎとあなたも言いたいのでしょうけど……私はずっと恵まれて育ってきて……こうでしたから。普通というのがわからないんです。那波さんだったら、普通の男性としていろんなことを教えてくれそう」

「買いかぶりすぎですよ。それに私にはパートナーがおります」

　やんわり釘を刺したが、石原は楽しそうな顔を崩さない。

「お願いです。一度だけでいいんです。一緒に遊園地に行きませんか？　そのあとで食事も。ね、今度の日曜に」

突然の誘いを断るかどうするか。仕事を円滑に進めるためには、適切な距離を保つことが重要だ。しかし、彼女の希望を満たした男性に引き合わせてしあわせにしてやりたいという職業柄の意地もある。

それに、自分には里見一彰という前例があるのだし。彼につき合ってアドバイスしたら、見違えるほどいい男になったではないか。

だから、ここは乗るべきなのだ。

「――わかりました。半日ぐらいならおつき合いします。ただし、あくまでも私は相談員です」

「ええ、わかってます。ふふっ、嬉しいな。待ち合わせについては私からメールアドレスにご連絡しますね」

「はい。一応、おつき合いできるのは昼間のみです。夜間のおつき合いは倫理的にできませんので、あらかじめご了承ください」

一応釘を刺したのだが、石原は嬉しそうだ。それからふいに、那波のスマートフォンに目を向ける。

「あ。可愛い子」

「え？」

焦って那波も視線を落とす。スマートフォンにちょうどメールが届き、液晶画面が明るくなったところだった。表示されているのは、天使のあっくん。昨日、自分と里見の間で、やや緊張しながらもなんとか眠りに就いたところをスマートフォンで撮って、記念にふたりして待ち受け画面に設定していたのだった。

いつもなら画面を下にしているのだが、先ほど書類をファイルから出したりしまったりしており、うっかりしていた。

「失礼しました」

急いでスマートフォンを伏せ、もう一度笑顔の石原に向き直る。

「……石原さんはとてもお綺麗な方です。仕事柄、大勢の方にお会いしてきましたが、あなたほど美しい方は見たことがありません」

「あら、真面目な那波さんに口説かれてます？」

「いえ、一度お伝えしたかっただけで」

その顔を見ていたら、言わずにはいられなかったのだ。

「男性に声をかけられませんか？」

「それはもう、毎日。今日もここに来る途中、学生さんらしき男性にナンパされました」

「ですよね」

苦笑していると、石原も可笑しそうに笑うが、ふと、視線を落とす。

「——でも、ほんとうに好きな相手にめぐり会わないのなら、条件を上げるしかないんです」

「石原さん……」

こんなにも綺麗なのに、恋愛経験は少ないのだろうか。男性をあしらうのには慣れていそうだが。石原はなにかをこころに秘めている。それはきっと、男性関係のことだ。この仕事をしていたら、それぐらいの判別はつく。過去に手痛い失恋をしたとか、男性経験に怯んでしまうとか。けれど、いまは問い詰めるときではないだろうと判断し、那波はあえて明るく振る舞い、話を元に戻した。

一時間後、来店したときの難しそうな顔とは打って変わって、晴れやかに石原は帰っていった。あの様子だと早々に連絡が来そうだけれど、こちらとしては仕事に徹するのみ。紳士的にエスコートしつつ、結婚相手の条件をもっと探っていこう。この仕事では、時折カウンセリングの役目も果たす。人生の大きな岐路となる、結婚という一大イベントを扱うのだ。昔でいえば、お見合いの場が、現代の結婚相談所なのだろう。よりよい釣り書を求めてひとびとが右往左往するのは昔もいまも一緒だ。

今日は早上がりにしてもらったので、あっくんを迎えに行ける。急いで職場のみんなに挨拶をしてオフィスから自宅近くの保育所へと向かう。

電車を乗り換え、最寄り駅に着いたら商店街のはずれを目指す。

「せんせー、さようならー」

「はーい、また明日ね〜」

曲がり角の向こうから、元気な子どもたちの声が聞こえてくる。あっくんも待っているはずだと足を速めると、「あっ！」と声が聞こえて保育所の奥からちいさな塊が弾丸のように飛び出てきて、那波の足にひしっと抱きつく。驚いて見下ろすと、照れ笑いする我が従甥が那波の足に頬を擦りつけていた。

「ゆう、おかえり！」

「えへへ、ただいま……！」

四歳の子におかえりと言われて、胸がいっぱいになってしまう。しゃがみ込んで黄色い帽子の位置を直してあげていると、「おかえりなさい」と温かな声が降ってくる。

「あ、一彰さん！」

思わず見上げると、恋人が笑顔でそばに立つ。

ひと足先に、里見がお迎えに来てくれたようだ。彼の誠実さを裏打ちするような爽やかなライムグリーンのボタンダウンシャツが男らしい里見によく似合っている。夏物の新しいシャツは、この間一緒に銀座の百貨店で買ったものだ。

「お迎え、来てくれたんですね」

「うん、ちょっと息抜きに散歩がしたくて。それに、あっくんにも会いたかったし、待っていればあなたも帰ってくると思ったから。ねー、あっくん。勇を待っている間、ちょっとだけお話ししたんだよね」

「ほんとう？　ふたりでどんなこと話したの？」

あっくんと里見の仲が少しは進んだのかと思うとわくわくする。しかし、あっくんはぷいっとそっぽを向き、「おぼえてなーい」とすげない。手を握るのも那波だけ。今日もあっくんのツンデレは全開だ。

「うう、俺は相変わらずあっくんに嫌われてるな……でもめげないよ。攻略しがいがある」

奮闘してくれる里見には頭が下がる。よほど面倒見がいい男でなかったら、もうとっくに愛想を尽かされていたはずだ。我が子でもない、血を引いてもいない、赤の他人なのだから。里見はその豊かな愛情で那波だけではなく、あっくんのことも包み込んでくれる。

今日の夕食はこころを込めて作ろう。三人でスーパーに向かう途中で、あっくんに「なにが食べたい？」と訊くと、「おむらいす！」と返ってきた。

「いいね、オムライス美味しそう。ケチャップのごはん、美味しいよねあっくん」

「うん！　——……う。……ん……」

自然な流れで里見に訊かれてすかさず答えたものの、あっくんはまだどこか恥ずかしいのか緊張しているのか、うつむいてしまう。

だけど、少しずつでも近づいている気がする。「仲よくしようよ」と言ってそうできるのは、ある程度大人になってからだ。子どもはコントロールができない生き物だし、無理強いしたくない。里見もそのことはよくわかっているのか、一度もあっくんに大きい声を出したことはなかった。それどころか、そばにいさせてもらえることに喜びを感じてくれているようで、ほんとうにありがたい。

玉ネギ、鶏肉、リンゴにトマトやレタス、明日の牛乳やパンを買い込んで三人でマンションへ戻る。

エントランスでは顔見知りの奥さんが、「あら、あっくんおかえりー」と笑顔で声をかけてくれたので、三人して「ただいまぁ」「ただいま帰りました」と挨拶した。里見と那波がどんな仲なのか詮索せず、明るい挨拶を交わしてくれる住人が多いことにも救われる思いだ。

三人で暮らす部屋に戻るなり、あっくんが靴を脱ぎ散らかして、「きゃー」と声を上げて駆けていく。ちいさな靴を揃えている里見はくすくす笑い、「おかえりなさい」と那波の頬に素早くキスすると、「あっくん、おかえり」と言いながら中へ入っていく。その広い背中に甘い感傷を覚えながら、那波も靴を脱いでスリッパに履き替えた。

ルームウェアに着替えたら、早々に夕食の準備だ。ごはんはすでに里見が仕掛けてくれていた。

「ねー、ゆう、おなかすいたぁ」

「だよね。あ、リンゴ買ってきたから食べる？　剝いてあげるよ」

「たべる！」

「ごはん前だからちょっとだけだよ」

キッチンに立つと、いつもあっくんがそばにいてくれて楽しい。好いてもらえる喜びは言葉にしがたい。早く、この気持ちを里見にも味わってほしいのだけれど。

「はーい、剝けたよ」

「あ、……うさぎさん？」

「そう、あっくんうさぎが好きだもんね」

あっくんのために、リンゴの背に切れ込みを入れて、うさぎさん風にしてみた。白い皿に並ぶリンゴにあっくんは顔を上げ、ふと、「……あのね」と囁く。

「……かずもたべる？」

思ってもみない言葉に、胸がきゅっとなる。

「食べる食べる。あっくんと同じで、一彰さんもリンゴ大好きだよ。あっくんから、『はいどうぞ』

ってしてくれる？」

「……かずに？」

「そう。かずはね、あっくんとすごく仲よくしたいんだよ。あっくんのこと大好きなんだって」

「ふぅん……」

あっくんはお皿を持ったまま考えている。四歳でも、ちゃんと意思がある。好き嫌いがある。大人はその一挙一動に振り回されるけれど、あっくんの素直さをもっともっと伸ばしたい。

「あっくん、ちょっとはかずと仲よくできそう？」

「わかんない……でも、きょう、おはなししたから……」

里見の熱烈なアタックを受けて、さしものあっくんもこころを揺り動かされたらしい。

お皿を持ったあっくんは曖昧（あいまい）な顔をしながらも、いやではなさそうだ。そのまま、リビングのソファでくつろいでいる里見のところへてでっと走り、「……かず」とちいさく声をかけている。

急いでカウンター越しにのぞき込むと、あっくんがお皿を里見に差し出していた。

「りんご……どうぞ」

「えっ、あっくん……！　ほんとに？　嬉しいよ！」

ほんのちいさな一歩に里見は大感激している。よいしょ、とあっくんを抱き上げて隣に座らせ、リンゴを頬張っているようだ。彼のデレデレした顔を想像すると笑ってしまう。

そうこうしているうちにごはんが炊けたので、オムライスを作る準備を整えた。里見が隣に来て、「サラダを作るよ」と言ってくれたので、ありがたくお願いすることにした。ここ最近はずっと那波が調理しているので、里見の味がしない不可思議な料理がちょっと懐かしい。サラダも、ドレッシングをかけるだけなので大丈夫だろう。

「できたよ、オムライス」

フライパンに広げた卵にごはんをくるみ、とんとんと柄を叩いて形を整えれば出来上がりだ。

「あ、勇、ケチャップ貸して」

お皿に盛り付けたオムライスに、里見がケチャップでなにごとか描いている。

「はい、あっくんのオムライス」

「……わぁ……！　ねこ、さん？」

「そう」

黄金色のオムライスに、里見は赤いケチャップで可愛い猫を描いてくれたのだ。動物がなにより好きなあっくんは嬉しそうで、里見とお皿を交互に見ている。

「……たべていい？」

「いいよー。熱いうちに食べてね」

那波が言うと、あっくんはちいさな背中を見せてダイニングテーブルに走り寄り、椅子によじ登ろうとする。それを急いで里見がフォローし、あっくん用に買った子ども用の椅子に座らせている。あっくんは四歳にしては小柄だ。保育所に行きだし、周りの子どもと比べるとひときわあっくんの華奢な身体が目立つのだが、那波も里見も、そのちいささにきゅんとしてしまうのだ。手や足はしっかりしているから、将来はきっと大きくなる。

ちいさく愛らしい怪獣のあれこれを楽しめるのはいまだけだと思うと、どんなことでも記録に残しておきたい。今夜も、口の周りをケチャップでベタベタにしてオムライスを頬張るあっくんと、たまに口元を拭いてやる里見のツーショットをスマートフォンで何枚も撮ってしまった。

そこへ、メールが届いた。

見れば、石原ルナからだ。仕事用のメールは転送するようにしてあって、いつでもチェックしている。そういえば、連絡すると言っていた。

里見が食後のお茶を淹れてくれたので、ありがたく飲みながらメールを読んだ。今度の日曜日に、都内の遊園地に行きませんか、と書いてある。待ち合わせは朝の十時。これなら、いろいろ話しても夕方に散会できるだろう。

「かしこまりました……、っと」

「勇、仕事？」

「そうです。相談者と出かける予定になっていて。すごい美人なんですよ。あなたもきっとびっくりするぐらい」

テーブルに向かい合わせに座る里見は、隣のあっくんのほっぺたについたデザートのアイスを指ですくい取り、ぺろりと舐めている。その仕草はほんとうのパパみたいで、和む。あっくんもアイスに夢中でいやがらない。

「美人とデートかぁ。ちょっと気になるな。勇、誘われたりしない？」

「ないですないです。彼女の条件ってめちゃくちゃ高いし、俺は射程外ですよ」

「でも勇はほんとうにやさしいし、いい男だし、可愛いところもあるし、こう見えてじつはエ」

「エ？」

「い、いや、なんでもない」

あっくんの前でよからぬことを言いそうになったようだ。慌てている里見を睨んだものの、噴きだしてしまう。

最近、そういえば触れ合っていない。前にバスルームでしたときも中途半端に終わっているし、健全な大人の男としてはそれなりに性欲が溜まっている。とはいえ、無邪気に「ごちそうさまぁ」と笑顔を見せてくれるあっくんの前でやましい妄想に耽(ふけ)るわけにもいかない。

そんな気持ちを、里見も抱いていたようだ。

あっくんをお風呂に入れて寝かしつけてからリビングに戻ると、ソファに座って仕事をしていたらしい里見がノートパソコンをぱたんと閉じて、おいでおいでと手招きしている。

「……どうしたんですか?」

「しー。大人の時間だよ。おいで、勇」

艶いたその声を聞くだけで、抑え込んでいた熱情がぶり返し、身体の奥がきゅうっと熱く締まっていく。

「もう……ずるい、その声」

操られたようにふらふらと里見の横に腰掛け、こつんと頭を彼の肩にもたせかけた。自分でももどかしいぐらいに、里見が欲しくなっている。あっくんと暮らす以前は本能のままに求め合っていたから、禁欲的に過ごしているいまが嘘みたいだ。

「俺の声、好き?」

里見に肩を抱かれてこくりと頷く。

「好きです。……たまらなくなる。でもちょっと恥ずかしいです。俺、前はこんなんじゃなかったのに……」

「俺に愛されることで欲しがりになってくれたんだったら嬉しいな。……ね、ちょっとだけ触らせて? 俺、もう勇不足で頭がおかしくなりそう」

耳たぶを囓られながら囁かれれば、くすりと笑って、「俺も」と掠れた声で応えるだけだ。

「……俺も、あなたが欲しい。どうしますか？　ベッドはあっくんが寝てるし、お風呂だと、もしものときに困るし……」

「ここでしよう。勇を気持ちよくしてあげるから、感じて」

甘い声にそそのかされて、那波は里見とくちびるを重ね、急速に昂ぶっていく熱に身をゆだねた。

「仕事――していたんじゃないですか……？　俺、邪魔じゃ……」

「ちょうど区切りがついたところ。勇を味わわないと俺が死ぬ」

オーバーなことを言う里見は那波のくちびるを甘噛みしながら、Ｔシャツの下に手をもぐり込ませてきた。

「っ、あ……」

乳首をきゅっと指でねじられて、甘い声が漏れ出た。もうそこを触ってもらえないと達することができなくなった身体だ。

「……責任、取ってくださいね」

潤んだ目で里見を睨むと、ひそやかな笑い声が耳元で響く。

「もちろん。こんなにエッチになった勇は俺だけのもの。ほら、勇」

とん、と胸を軽く押されて、那波は広いソファに寝そべる。すぐに里見が覆い被さってきて、Ｔシャツをたくし上げ、裸の胸にキスを落とす。もう七月も真ん中だ。室内はほどよく冷房が効いているが、愛撫を施される肌は熱く湿っていく。

はぁ、と悩ましい吐息を漏らして、那波は満たされた気持ちでソファに手足を伸ばす。それを待っていたかのように里見が胸に吸い付いてきた。

ちゅく、ちゅうっ、と悪戯(いたずら)っぽく尖りを吸われると、ひりひりするような快感がそこから突き上げてくる。

「……ん……噛ん、で……」

「いいよ。噛みまくってあげる」

「あ、……——っ、あ、ん——ぁ」

きつめに乳首を噛まれ、吸われて、指で揉み潰される。ひとつひとつの仕草が身体に火を放ち、那波を悶えさせた。舌で乳首の根元をせり上げられると、むずがゆいようなもどかしいような、不安定な快感が迫ってくる。そこからも手を離さず、里見は顔を下にずらしていって、那波のハーフパンツを脱がし、下着の形を変えているペニスに触れ、満足そうに笑う。

「もうガチガチだ。見ていい?」

「……っん、……は、い」

恥ずかしいけれど、見てほしい。里見の愛撫で感じていることを知ってほしい。下着の縁を押し下げられると、ぶるっと細めの性器が鋭角にしなり出る。芯の硬さを摑んで、里見は先端にや

さしくくちづけて那波の強張りを解したあと、大胆にも亀頭からじゅるりと肉竿を口の中に啜り込む。

「——あ、……っ！」

いきなり舐められるなんて。そのまま搾り取られそうで、ぞくぞくしてしまう。最後までできるだろうか。里見は、この身体の中に挿ってきてくれるのだろうか。しかし、そうするには少し狭い。ほんとうだったら一緒に高まりたいのだが。

里見は少しもいやがらずに那波の性器をくちゅくちゅと舐めしゃぶり、根元に溜まる薄い草むらも舌でかき回す。ちくちくして、ぬるぬるする。ひどく淫らな感触に息を切らす。肉竿を扱きながらぬちゅりと咥え込まれて、那波は涙ながらに身悶えた。

「や、だ、だめ、いっちゃ……っ」

「もう？　もう少し愉しませて」

「く……っ」

意地悪な笑みとともに里見が性器の根元をぎゅっと握る。破裂してしまいそうで、いまもし手をぱっと離されたら、衝撃で射精してしまう。そんなことをしたら里見の顔を汚すからだめだ。懸命にくちびるを嚙んで衝動を堪えるものの、にゅる、にゅぐ、と輪っかになった指がくびれを行き来すると、目の前が真っ白になっていく。

「もぉ、──あ、……ぁっ、おねが、い、いかせて、だめ、出ちゃう」

「いきたい？　エッチな身体をいかせてくださいお願いですって言ってごらん」

そんなはしたないこと言えるか。ぎらりと里見を睨んだものの、どこもかしこも熱で潤んでいるから説得力ゼロだ。里見は、愛が高まれば高まるほど恥ずかしいことをつらつら言う。淫らな言葉で那波を搦め捕り、ふわりとした熱でくるんでしまうのだ。

硬く勃起したペニスをやさしく撫でられ、時折ふうっと息を吹きかけられて、ああ、と掠れた声を上げて那波は目を閉じた。

だめだ。降参するしかない。

恥ずかしいことを言ってでも、いかせてほしい。

「……え、……エッチな……からだ、をい、かせて……っ、ください……」

「お願いです」

言って、里見はくびれを指で締めながら、さらにきつく先端を吸い上げる。

「もう……！　お、おねがいだから、ねえ、やだ、もうおかしくなる、いかせて、一彰さん、お願い……！　っあ、あ……！」

声が跳ね飛んだ。前よりもっとぐっぽりと深く咥え込まれて亀頭の割れ目をじゅうっと吸われ、あまりの刺激の強さに息を詰まらせながら思いきり放ってしまった。

「っあ、あ、……んっ、んーっ……んー、っぁ……ぅ、ぅ……」

泣いてしまいそうなほど感じていた。どくどくと噴きこぼれる精液を里見は美味しそうに飲み込み、喉を鳴らしている。射精している最中も吸われてしまい、強烈な感覚が精路を焼きそうだ。細い管が膨れ上がって熱い精液を外へと送り出し、割れ目をいやらしくひくつかせてしまう。里見の喉仏が大きく動くのを見ると、どうしても羞恥がこみ上げてくる。

「やだ、……飲まないでください……」

「……すごく濃かったよ、勇。オナニーもしてなかったの？」

「……はい。あの、今度は俺が」

身体の位置を変えて彼にのしかかろうとすると、「いやいや」と里見が苦笑いして肩を摑んできた。

「もうしばらく俺は大丈夫」

「え、……じゃ、一彰さんは……その、あ、の、自分で……してるんですか？」

「してない。溜めてる。勇の中で射精するために。……ここであなたを抱いたら俺、止まれないと思う。もしもあっくんが起きてきたら一大事だしね。大丈夫。またちゃんと抱き合える機会が来るよ」

なんとも紳士的なことを言われて感激してしまうが、やはり物足りなさはある。以前の里見だったら、こちらの制止を振り切ってでも組み敷いてきた。愛と力にあふれた男だからこそ那波も惹かれたのだが、あっくんを引き取ったことでだいぶ我慢しているようだ。

なんとなく離れがたくて、里見の下肢にそっとハーフパンツ越しに触れる。案の定、硬く、大きく盛り上がっていた。下着も押し上げていかにもきつそうだ。

触りたい。頬擦りしたい、舐め回したい、ぐちゅぐちゅしたい。

ちらりと見上げると、里見は長い息を吐き出し、なにかを堪えているような表情だ。

その雄々しい横顔をじっと見つめ、那波はおずおずと彼の頬にくちづけた。

「俺だけ気持ちよくしてもらって……ごめんなさい。でも、すごく悦かった。今度は俺が、どこかであなたを襲っちゃいますね」

「大歓迎。あっくんが保育所に行っている昼間とか？」

「……はい。でも、罪の意識であっくんの顔が見られなくなりそう」

「俺も」

ふたりして鼻先を擦れ合わせて笑いだした。身体の熱はまだ引かない。どこか甘い痛みを残した欲情に身を浸しつつ、那波は里見の逞しい肩に顔を押しつけた。

「那波さーん、こっちですこっち！」

遊園地の入り口で、美しい女性が笑顔で手を振っている。

普段はパステルピンクやクリーム色が多い石原だが、今日は真っ赤なポピーのようなワンピースだ。あでやかな装いとその美貌に、行き交う男性がかならず目を留める。石原はそんなことをまったく気にせずに駆け寄ってきて、嬉しそうに那波の腕に手を絡めてきた。

「待ちましたか。すみません」

「いいえ全然。私もさっき来たところです。ね、パスポートどうします？　せっかくだし、一日パスポートを買っちゃいましょうか」

都心のど真ん中、御茶の水にある遊園地は、土曜ということもあってわりと混雑している。郊外のもっと大きなアミューズメントパークに比べたらゆったりしていて、大人も多い。ここは地下鉄の駅にも通じていて、誰でも通り抜けることができる。そのせいか、スーツ姿のサラリーマンも目立つ。

腕に食い込んでくる手をどうしようか迷ったが、はしゃぐ石原の横顔を見ていると水を差したくない。いつも大人びている彼女だが、今日はとてもリラックスしているようだ。

「嬉しい。私ね、那波さんと一度お出かけしてみたかったんですよ。どうしてか、わかります？」

「よりよい条件の相手をマッチングしてくれるかも、とか？」

軽口を叩くと、石原も可笑しそうだ。くすくす笑い、跳ねるような足取りで、古典的なお化け屋敷へと向かう。暗い室内では石原が叫んで抱きついてきたので、失礼にならないようそっと身体を離したものの、ビルの谷間をすべり落ちるジェットコースターでは情けないことに那波のほうが大声を上げてしまった。

ティーカップに乗ってのんびりと結婚について語り、ゲームセンターではクレーンゲームにふたりして奮闘し、気づいたら頭上の空は美しく暮れなずんでいた。

ビルの向こうは、紫色の空。きらきらと輝く星がひとつ、石原の髪の横を彩っている。

「私、都会の夕焼けって好きです。いつまでも夜にならないような不可思議な時間……なんか、せつなくなりませんか？」

「わかります。こんなにも大勢のひとと一緒に夜を迎えるのが、なんだか頼もしくて、不思議ですよね。名前も知らない同士なのに」

「でも私、那波さんのことは知ってます」

園内のカフェでお茶をしているときに、石原は気持ちよさそうに瞼を閉じて、吹き抜ける風を受け止めていた。さらさらと揺れる髪も綺麗だし、肌も白い。いまも、前を歩くカップルの男性のほうが石原の美貌に気づいていてちらちらと見ていて、彼女に足を蹴られている。

「楽しい時間ってあっという間に終わってしまうんですね……。那波さん、また会ってくれませんか？　今度は車を借りて、軽井沢なんか行ってみませんか？」

「——遠出は禁じられてますから。石原さんの素敵な結婚のために、私は尽力します」

無粋にならない程度に釘を刺した。彼女は相談客、自分は相談員。結婚という一大イベントを迎えるために力を合わせる仲間だが、恋愛関係に発展することはできない。

　石原は寂しそうな顔で、「だめですか？」と訊いてきた。

「たまにごはんだけでも、だめですか？　私、結婚したい願望はあなたにしか言ってないんです。職場の同僚はみんな彼や旦那さんがいるひとばかりで……相談しにくいし。那波さんだけが頼りなんです」

　そう言われると断りにくい。けれど、男女がふたりだけでいたら、誤解されやすい。結婚前の身の石原はとくにクリーンなイメージを大切にしたほうがいいだろうから、ここは男の自分が一線を引くべきなのだ。

「石原さん、私は相談員です。あなたの結婚のために、どんな相談でも乗りたいと思っています。時間場所問わず。なんなら、いまでも。ですが、公私混同は社からも固く禁じられていますので」

「……この間の写真の子、誰なんですか？」

　少し鋭い声に怯んだ。

この間の子、というのは、スマートフォンの待ち受けにしていたあっくんのことだろう。

「従妹が遺した子です。事情があって、私が引き取って育てています」

「那波さんがパパ代わり？　奥様や彼女は？」

答えにくいことを訊く。でもここは、正直に話したほうがいいだろう。里見には迷惑をかけられないから、彼の存在については伏せるが。

「私が養育係です。お恥ずかしながら、……彼女はいません」

「パートナーがいるって言ってましたよね」

「あ、ええと、一応、年上の従兄が」

苦し紛れに里見を従兄にしてしまった。

「だったら、私もお手伝いしたいです。男性だけでは困ることもあるでしょう？　あんなに可愛い子ですもん。きっと保育園の送り迎えでもモテモテですよね。私だったら、きちんと送って、お届けしますよ。ね？　時間はいつでも都合がつきますし」

確かにありがたい申し出だが、そこまでしてもらったら、石原とますます近づいてしまう。気を持たせるのはよくないことだ。

懸命に言いつのる石原の気持ちは嬉しいけれど。

「お気持ちだけいただきます。実家とも連携しているので、大丈夫ですよ。……でも、そう言っていただけるのはほんとうに嬉しいです」

「そう、ですか……」

やんわりとした断りに、石原は肩を落とす。アイスティーに口をつけてうつむいていたが、やがて、肩にかかる髪を振り払って笑顔を向ける。

「――それはともかく、私、お腹が空きました。どこかに食べに行きません？」

結構、強い。

したたかとは、強かと書くんだったなと意識の片隅で思いながら、彼女とのディナーに向けてスマートフォンでレストランを検索する。

そんな那波を見つめ、石原はぽつりと呟いた。

「……あのね、那波さんって、私の初恋のひとに似ているんです」

「そう、なんですか？」

「もうずっと前のことだけど……杉並区に家があったとき、通っていた塾で出会ったひと。すごく格好よくて、男らしくて……私が引っ越しちゃって会えなくなってしまったけど、いまどうしてるのかな、あのひと」

懐かしそうに口元をゆるめる石原に目を留めた。きりりとした美人だが、いまはとても自然だ。だから出会ったときに、杉並区にいたことはないかと訊ねてきたのか。残念ながら自分がその相手ではないけれど、一緒になって探してみたくなる。

「今度、杉並区に一緒に行きましょうか。会えるかもしれませんよ」

「どうかなぁ。初恋はそっとしておいたほうがいいかもしれないし。いまは那波さんのほうがずっと素敵だし」

ぺろっと赤い舌を出して、石原は笑う。

那波も相づちを打ちながら、スマートフォンでの検索を続けた。

里見から、数通メールが届いていた、今日は那波が家を空けているので、「あっくんとふたりで公園で遊んで、帰り際、近くのハンバーガーショップに寄ったんだよ。夜はお好み焼き屋さんに行く予定です」とメールに書いてあった。公園のブランコに乗るあっくんの写真もついていて、里見とふたりきりとあってか、やや緊張した顔だけれど、それだってやっぱり可愛い。

急いで、「食べすぎないように気をつけてくださいね。俺も夕飯を食べたら帰ります」と書いて送信した。お好み焼きは、あっくんの大好物なのだ。ソースでほっぺたをべたべたにしている顔は最高に可愛いのに、見られないなんて残念だ。

すぐに里見から返信があった。

『仕事がんばって！』

それだけなのだが、嬉しい。人気小説家として自宅にいるときはずっとPCに張り付いている里見だ。忙しいだろうに、那波と、そしてあっくんと同居するようになってからは、ほとんどの時間を自分たちと過ごしてくれている。原稿は大丈夫なのだろうか。小説を書くというデリケートな作業についてはあまり突っ込んで訊ねたことはない。

けれど、里見は短編なりコラムなり書き上げると、真っ先に「読んで読んで」とタブレット式デバイスを持ってくる。その姿は微笑ましくもあり、好ましくもある。大きな子どもみたいだなと思うことも。彼のほうが年上なのだが、里見は男らしさと可愛さを同居させているのだ。

ともあれ、その夜は石原と遊園地からそう離れていない水道橋(すいどうばし)でイタリアンを食べ、あらためて「婚活がんばりましょう」と意思を伝えて駅で別れた。

電車の中から「いまから帰ります」と里見にメールを送り、電車を乗り継いで品川に戻ると、いつも使う改札の左横から、「ゆう！」と可愛い声が聞こえてきた。

「……あっくん！　一彰さんも」

「へへ、驚いた？　あっくんと迎えに来ちゃった」

Tシャツにジーンズというラフなスタイルの里見が、あっくんを肩車している。あっくんは照れくさそうな笑顔だ。綺麗なレモンイエローのちっちゃなTシャツと、しましまのハーフパンツ

が子どもらしくていい。そのすべすべでぷくぷくの膝小僧が可愛くて可愛くて、思わず指先でつついてしまう。あっくんはくすぐったそうに笑い、「おかえり、ゆう」と言ってくれた。

「たかーい、……かず、たかいね」

「俺、大きいからね」

髪を摑んでいるあっくんに、里見はご機嫌だ。あっくんのぎゅっと握られた丸い拳を見て、思わず苦笑してしまう。あれだけ強く摑まれていたら、痛いだろうに。

「一日ふたりでいて、仲よくなったんですか」

「まあまあ。俺はもっともっとあっくんと一緒にいたいけど、あっくんがあなたを恋しがるから」

そんなことを言うが、里見の口元は笑っている。きっと、今日は楽しい一日だったのだろう。あとで、たくさん話そう。写真も見せてもらおう。

三人でうきうきとマンションに戻り、冷やしておいたメロンを食べたらもう眠そうなあっくんにパジャマを着せて寝かしつけた。

「俺はもう少し原稿を書くから、勇、先に寝ていいよ」

「わかりました。でも、無理しないでくださいね」

「大丈夫。徹夜はしない主義なんだ」

そう言って、里見は力こぶを作ってみせる。

やっぱり仕事が押しているみたいだ。先に寝てもいいと言われたけれど、なにかしてあげたい。風呂のあとにしばしベッドルームで静かに本を読んでから、枕元の時計が午前一時を指した頃、那波は起き出してキッチンに向かった。

熱い紅茶を淹れ、里見の部屋の扉をそっと叩く。

「失礼します。一彰さん、お茶をどうぞ」

「ああ、ありがとう」

返事する合間も、里見はキーボードを叩いている。その軽快な音を邪魔しないように部屋を出ようとすると、「待って」と引き留められた。

「もうすぐ上がるから――待って、……もう少し……もうちょい、……ん、よし！　出来上がり。ね、勇、読んでくれる？」

原稿が上がったばかりの興奮で里見の目が輝いている。

「いいんですか？」

「読んで読んで。短編だからそうかからない。はい、どうぞ」

言いながら、椅子に座った里見はくるりとこちらを向く。なんだろうと一瞬考え込んだが、膝に座ってほしいのだと気づいて顔を赤くした。

「もう、あっくんじゃないんですから」

「勇くん、俺の膝にどうぞ」
懲りない里見に笑いかけ、「じゃあ」と言って彼に背中を向ける形で膝に座る。すると里見が腰に手を回してくる。まるで、お気に入りのぬいぐるみにでもなった気分だ。

ＰＣのモニターに映し出されているのは、作家・桐生彰仁の最新作だ。マウスでスクロールしながら話を読み進めていく。以前は、愛する我が子を失ったせつないホラー小説を読ませてもらったが、今回はどんな話なのか。

少しずつ読むうちに、那波は自然と微笑んでいた。

主人公の女性は、愛する夫、子どもとの三人で穏やかに暮らしている。しかし、ある日、部屋の片隅から不思議な物音が聞こえてくることに気づく。かすかに、カタカタとなにかが動く音。仕事から帰ってきた夫に『なんの音かな』と訊くが、『音？』と不思議そうに返されてしまう。子どもにも訊くけれど曖昧な顔だ。その音は、だんだんと大きく、長い時間聞こえるようになる。怖い気持ちもあったけれど、なんの音なのかという疑問のほうが大きい。どうかすると、愛らしい音にも聞こえる。

ある日、子どもと一緒に部屋で遊んでいるとき、あのカタカタという音が聞こえる。子どもも気づき、耳を澄ましている。

『聞こえるよね？』

『きこえた……あのね、あのおと、あっくんのおとうとがあそんでるんだよ』

なんのことかさっぱりわからない。

おとうと、って？　あっくんはひとりっ子でしょう？

そう訊こうとして、女性は突然の吐き気を覚えてトイレに駆け込む。なんだろう、どうして吐き気なんか。戸惑いとともに、翌日病院に行くと、かかりつけの医師から、『おめでたですよ』と告げられる。そう、あれは、新しい命が我が家にやってくる音だったのだと気づいて、女性は涙ぐみながら一緒に来院していた夫と子どもに駆け寄り、『元気な赤ちゃん、産まなくちゃね』と笑う――。

そんな、温かい話だ。

「……素敵だ。一彰さん、ほんとうに素敵です。どうしてこんなにいい話が書けるんですか？　それに、このあっくんって」

「そう、俺たちのあっくん。ちなみに、主人公の女性のモデルは勇だよ」

やっぱりか。だって、勇子(ゆうこ)という名前だった。

俺たち、という言葉も嬉しい。きみの、ではなく、俺の、でもない。

「俺たちのあっくん」だ。

心根がやさしい里見にじんわりとしながら、モニターと里見を交互に見つめ、最後にぎゅっと彼の首にしがみついた。

「大好きです……。俺、もっともっとがんばって、あなたにふさわしい相手になりたい。おこがましいことかもしれないけど、……がんばりますから、待っていてください」

こころからの囁きに、里見は目を丸くする。

「勇はいまだってがんばり屋さんだよ。俺、相談所であなたに相談していたときから、その熱心な姿勢の虜だった。勇はほんとうによくやってるよ。俺のことだって、仕事のことだって、もちろんあっくんのことだって」

「ふふっ、あなたも大きな子どもみたいですね」

「そうだよ。勇に甘えなきゃ死んでしまう。……ね、する？」

悪戯っぽく囁かれると、たちまち身体の芯が蕩けてしまう。あっくんは深い眠りに就いている頃だろう。この間は、自分だけがしてもらった。だったら今日は。

「……一彰さん、今日は俺に愛させて」

「勇、……え？　あ、あの、……いいの？」

するりと彼の膝を下りて床に跪き、両足の間に身体を割り込ませる。

ジーンズの上から、里見のそこに頬擦りした。塊を擦ると、すぐに硬く、大きく育ってくれるのがたまらない。

「……いいですか？」

「うん。……勇のしゃぶるところ、見たい」

素直な欲求に身体を熱くし、じりじりとジッパーを下ろしていく。うんといやらしくしゃぶってあげたい。いつも、里見には泣かされるが、自分だって男だ。たまにはこっちがぎりぎりまで焦らしたい。

里見の前をくつろげて、下着の縁から硬いペニスをはみ出させる。その先端は、もうとろりと濡れていた。赤い舌をのぞかせて、ちゅるっと啜り込む。

「……っ、勇……」

里見の声が掠れている。快感もあるのだろうけれど、扇情的な光景に目を奪われているせいもあるのだろう。頭を撫でる骨っぽい手がやさしい。そんな里見が大好きだからもっとのめり込んでほしい。ちゅぷっ、じゅるっと口を窄めて少しずつ強く吸い込み、それだけでは飽き足らず、太竿の側面をちろちろと舌先でなぞり上げる。そうすると、筋が太く浮き上がってきて、なんとも卑猥(ひわい)なものに変わるのだ。

こんなに大きなものが身体の中に押し挿ってくるなんて。口で咥えるだけでも大変なのに。いつも里見が丁寧に愛撫してくれるから、痛みはほとんど感じない。それどころか、奥まで挿れてもらって甘く締め付けたくなるぐらいだ。

「ん――ん、っ、ぁ……っかず、あき……さん、熱い……」

「……美味しい？」

「ん、はい……おいし、……あ、また、濡れてきた……」

根元を摑んで、じゅぷじゅぷと先端まで扱き上げる。息の浅い里見が肩を強く摑んできた。

「だ、め、だよ、勇、……もういい、あとは俺が……」

「や……飲ませて、俺にも、……一彰さんの、飲みたい」

もっといやらしく、もっと熱っぽく。男根を握ってアイスを舐めるみたいにれろーっと下から上に向かって舐め上げる。途中里見と目が合った。身体が燃えだすほどに恥ずかしいけれど、奥のほうがきゅんと締まっていくのがわかる。

自分でも届かない場所が里見のために閉じていく感覚は、卑猥で、だけど胸が弾む。この薄い身体でも、里見を悦ばせることができるのだ。

里見の性器を懸命にしゃぶって、頭を前後に振った。このままいかせたい。濃くて癖になる里見の精液を飲みたい。

「ん、――ン、……っ」

「勇、……勇、っ」

互いに息を合わせて昇り詰めていく――そのときだった。

ころろん、と可愛い音が仕事部屋に響いて、ふたりしてびくっと身体を震わせた。あまりに突然だったから、思わず里見のペニスに歯を立ててしまった。

「い、って……！」

「ごめん、ごめんなさい、……あっくん起きたのかな？」

寝室には、たまに夜泣きをするあっくんのために、見守りカメラと集音マイクを取り付けている。スイッチがオンにしてあれば、泣き声を拾ってチャイムを鳴らしてくれるのだ。

「うう……」

大事な場所を噛まれて前のめりになる里見にひたすら謝り、那波は急いで身繕いして寝室に駆け込んだ。

「あっくん？」

「ふぇ……え、えっ、ぅえ……っ……あ、ゆう……！」

ほのかな灯りだけが点く寝室で、ちいさなあっくんが泣きべそをかいて起き上がるところだった。急いで駆け寄り、「どうしたの」とその背中をさすってやる。

「まま……どうして、いないの……」

胸がどきりとなる。

楽しく過ごしていると思っていた裏で、あっくんは必死に聡子を探していたのだ。

守りたいという大人のエゴにつき合わせてしまっているのかもしれなくて、胸が痛い。

「どうして、いないの。……あっくんのこと、……もうきらいになったの」

「あっくん……」

どう言えばいいのだろう。必死に言葉を探すけれど、見つからない。あっくんの肩を抱き寄せると、素直に寄りかかってきた。

寂しいのだろう。

悲しいのだろう。

あっくんを遺していった聡子たち夫婦のことを思うと、言葉が出てこない。

ちいさな頭をかき抱くと、あっくんもぎゅっとしがみついてきた。

「ゆう、いる?」

「ん?」

「ゆうは、あっくんと……いっしょにいる?」

四歳の子に言わせる言葉ではない。なにがなんでも、あっくんを守らなければ。しっかり目を合わせて、那波は頷いてみせた。

「絶対にそばにいる。あっくんは俺と」

「俺もいるよ」

開けっぱなしの扉の向こうから、里見が顔をのぞかせた。なんとか痛みは治まったらしい。ベッドに近づくと、那波の横に腰を下ろし、あっくんの髪をやさしく撫でる。

「あっくんは俺たちの大切な宝物だよ。だから、なんでも言って。どんなことでもしてあげる」

「かず……」

その大きな手で頭を撫でられるのは心地好いのだろう。あっくんはいつになくくつろいだ表情で、すり、と里見に身体を寄せた。

「……かず、ねんねして」

「俺と一緒に寝てくれるの？」

思いがけない言葉に、里見は驚いている。

「……かず、おおきいから……くまさん、みたいだから」

大きい里見は怖い対象だったのだが、少しずつ慣れてきて、あっくんが大事にしているくまのぬいぐるみのように思っているらしい。いつもあっくんはそのくまさんを抱いていて、今夜、それが里見の役目になったのだと思うとくすりと笑ってしまう。

あっくんの求める言葉に、里見は感激した面持ちだ。那波と目を合わせるなり強く頷いて、「ねんねしようね」とタオルケットをめくって服のまま横たわる。その脇にあっくんが安心したように身体をすべり込ませ、もう片側をちいちゃな手でぽんぽんと叩く。

「ゆうも、ねんね」

「わかった。三人でねんねしよう」

あっくんが寝付いたら、順番で着替えればいい。いまはただ、愛情にくるまれて瞼を閉じるあっくんを見ていたい。

「……あっくん。俺はずっとずっと一緒だよ」

里見の低くてやさしい声が、胸に染みる。那波はこのうえない至福を感じて、あっくんを抱き締めながら瞼を閉じた。


みんなで力を合わせ、楽しい日々を作っていく。

人生に大切な張り合いというものを感じて、那波は順調に仕事をこなしていた。少しでもいい仕事をし、給料をもらったら、あっくんのために貯金をする。これから先大きくなっていくことを考えると、いくらあっても困ることはないのだろう。

『俺にも負担させて』

里見がそう言ってくれたので、ふたりで共同のあっくん用銀行口座を作り、そこにどんどん入金していくことにした。最近は相談客も明るい顔の者が多い。那波の担当客は軒並み相手が決まり、仲よく過ごしているカップルもあれば、トントンと話が進んで結婚に持ち込んでいるカップルもいる。

こんなにしあわせでいいのだろうか。ちょっと不安になるかもなと苦笑して仕事を終え、隣でまだ書類整理をしている先輩の岸本に、「少し早めに帰ってもいいでしょうか？」と訊いてみた。

「必要なことはすべて片付けてあるので」

「おう、いいよいいよ。帰れるときには早く帰れ。いまのおまえは、あっくんに夢中だもんな」

岸本にも、あっくんのことは打ち明けた。信頼できる先輩だし、既婚者で子どももいるから、なにかのときに相談に乗ってほしい相手だ。

「岸本さんところの娘さんは、いくつなんですっけ」

「七歳。もうおしゃまで可愛いのなんの。顔は妻に似たからよかったよ。これがさ、もうとんでもなく美形なわけ。将来はアイドルかどこかの大企業の奥様だな」

岸本もたいがい親バカだ。那波もそうなので、親バカ同士の話は楽しい。スマートフォンで娘の写真を見せてもらったあとは、お返しにあっくんの写真を数枚見せた。

「へえ、目元がおまえそっくり。めちゃくちゃ可愛い子だなぁ」

「でしょう？　俺もそう思うんですよね。あー、ずっと手元に置いておきたいなぁ……」

「こらこら、子どもはいつか自立する生き物だ。親元から羽ばたかないと、ニートになるぞ」

「それはちょっと……」

くだらないことを言っていたら壁にかかった時計の針が六時を回る。

「じゃ、帰りますね。お先に失礼します。また明日」

「ん、また明日な」

タイムカードを押して、那波は裏口からビルを出る。青山一丁目駅から電車を乗り継ぎ、品川駅に着いてからは、駅ナカのショッピングセンターで夕飯の買い出しをし、楽しい気分で帰路に就く。

マンションのエントランスに併設されているポストから郵便物を取り、エレベーターに乗った。自宅は九階の角部屋だ。

「ただいまー」

「おかえり、ゆう！」

真っ先にあっくんが部屋から転がり出てきて、「もつ、もつ」と手を伸ばしてくれるので、比較的軽いレジ袋を持ってもらった。

「ありがとうあっくん。助かるよ」

「もっともつ？」

「こっちは俺が運ぶね」

この年頃は、そろそろお手伝いがしたくなるのだと育児書で読んだ。あっくんのやる気を損なわないためにもちゃんと褒めて、「ありがとう」と笑顔で礼を言う。あっくんには、こころのまっすぐな、お礼とお詫びの言葉がするりと出る男に育ってほしい。謝ることが負けとでもいうように頑なに謝罪しない人種もいるけれど、できればあっくんは素直でいてほしいのだ。

「おかえり、勇」

「ただいま帰りました」

ダイニングテーブルで里見は仕事をしていた。ゲラチェックをしているようで、赤や青のボールペンに修正液が並んでいる。

「ごはんは仕掛けてあるよ」

「ありがとうございます。とにかく着替えてきちゃいますね。んん、あっくん？　ぐりぐりかな～？」

「やだぁ、ゆう、やだぁ、ふふっ」

あっくんを捕まえておでことおでこを合わせてぐりぐり押しつけると、きゃあっと喜ぶあっくんが足にしがみついてきた。

「あっくん、ちょっと待っててね、着替えてくるから」

「きょうのごはん、なぁに？」

「あっくんのだーい好きなホワイトシチューだよ」

「たべたぁい！」

きゃっきゃと喜ぶあっくんは那波から離れたあと、里見の隣に腰掛け、作業をじっと見守っている。子どもから見ても、真面目そうな仕事に映るのだろう。原稿用紙をじっくり読んでいる里見の横顔はとても麗しい。男らしい里見だが、こういうときは凜々しいという言葉がしっくり来る。

ふたりが仲よくしていることにほっとし、那波は急いでベッドルームに駆け込み、併設されているクローゼットを開ける。スーツをきちんとハンガーにかけて消臭剤を振りまき、だぼっとしたルームウェアに着替えたあと、ベッドに座って郵便物をえり分ける。

里見に届いたもの、自分に届いたもの。ここのローンは里見が背負ってくれているので、せめてもの負担として、那波は光熱費や食費を支払っていた。ローンに比べたら微々たるものではあるが。電気会社からの請求書のうしろから、パステルピンクの封筒が出てきた。ダイレクトメールだろうか。裏返してみたものの、差出人の名前がない。

なんとなくいやな予感がして、すぐには開かなかった。

捨ててしまってもいいのかもしれないが、気になる。なにが入っているのだろう。封筒の上から指で押してみると、くにゃりとやけにやわらかな感触だ。なにかの試供品だろうか。

覚悟を決めて、封筒の端をちぎって振ってみた。ぽとん、と手のひらに落ちてきたものに思わず目を瞠った。

「コンドーム……?」

それも、五枚綴りで。箱から出したものをそのまま入れたようだ。

最初は、新商品の紹介を込めたものなのかと思った。だが、それにしては封筒が可愛い。パステルピンクで、花のイラストが描かれている。

コンドーム会社がこんな封筒を使うだろうか。商品名や会社名、挨拶の手紙も入っていない。

薄気味悪くて、那波は封筒にコンドームを戻し、ぎゅっと丸めてゴミ箱に捨てた。

コンドーム入りの封筒は、数日置きに届くようになった。

——気持ち悪い。

里見にも相談しようかと思ったのだが、忙しい彼はあの短編のあと、休みなく長編の執筆に入った。なので、よけいな煩いは感じさせたくない。自分とあっくんの相手をするだけでも疲れるだろうし。

だから、那波は率先してポストをチェックし、郵便物をしっかり見るようになった。

一週間後、おかしなことに気づいた。

「あれ、電気代……」

電力会社の請求書がないのだ。八月も近くなろうとしているいま、毎日冷房を点けているので、電気代が気になるのに。一応、節電はこころがけていて、里見の仕事の様子を見ながら、あっくんと那波も同じ部屋にいるようにしている。これなら一室に冷房を点ければいいだけだ。寝るときも、三人で一緒に眠る。

子どもの体温が高いというのはほんとうだと、あっくんが真夜中手足を絡みつけてくることで那波は苦笑して目を覚ます。丸々と子どもらしい腕を胸に当てたあっくんがころんと寝返りを打って自分のほうへ転がってくると、自然と抱き締めてしまう。それはもう、本能だ。あっくんを産んでくれたのは聡子なのだが、男にも父性というか母性本能というものがあるのかもしれない。里見のほうに転がっていくときは、彼が大きな背中を向けて寝ているときが多い。その背中におんぶされているようにすがっているのを見ると、――ほんとうの親子みたいだな、と嬉しくなる。

ともかく、電気代だ。過去に届いたものはファイルに収めているので、キッチンカウンターに置いている領収書や請求書を見直してみた。だいたい、毎月十五日前後に請求書が届いている。とすると、今月もすでに手にしているはずなのだ。

翌日は、ガス料金の請求書がないことに気づいた。

翌々日は、那波宛ての封書に不審な点が見つかった。

実家の母が喪主を務めた聡子夫婦の葬式に、那波や里見、あっくんは出席した。その際、香典を出したので、お礼の品が贈られてきた。

その礼を先日電話で伝えたところ、当日の写真をプリントアウトして送ってくれたのだけれど、封筒の蓋がやけにぱかぱかしている。

糊が薄くて、郵送中に剝がれてしまったのだろうか。しかし、いままでに一度もこんなことはなかった。どう考えたっておかしいが、なにをどう疑えばいいのかわからない。

金曜の夜、寝室でひとり考え込んでいると、ベッドサイドテーブルに置いていたスマートフォンが鳴りだした。母かもしれないと思って液晶画面を見ると、覚えのない電話番号だ。

「……もしもし？」

『勇か。俺だ』

そのふてぶてしい声を聞いて、「……叔父さん」と声をひそめてしまう。

叔父の篤郎だった。いったい、なんの用だろう。聡子の葬儀でも簡単に挨拶するだけだったし、この間喧嘩別れのようになってしまって以来、とくに連絡は取り合っていなかったが。

『この間の葬式の香典返し、おまえのところにも届いたか』

「届きました。白いティーカップですよね」

『ああ。うちにはひびが入ったものが届いたんだ。どういうことだ？』

どういうことと言われても。かなり丁寧に包まれていた品だし、外箱も頑丈だった。輸送中に割れるとは思えないのだが、叔父は運が悪かったのか。

「確か、メーカーのカードが入ってましたから、そこに電話して……」

『おまえのと取り替えろ』

「は？」

『メーカーに電話なんて面倒でやってられん。おまえに届いたやつと取り替えろ』

なにを言っているのだ。確かに、名前入りというのでもないから取り替えることは簡単だけれど、その高圧的な態度に腹が立つ。

俺は知りません、と強く言って電話を切ってしまえ。

「俺は――」

『いまから行くから、用意しとけ』

「ちょ、ちょっと、待っ……！」

電話は一方的に切れた。

呆気に取られた那波はしばしスマートフォンを見つめていたが、慌てて立ち上がり、里見の仕事部屋の扉をノックする。

「はーい」

扉を開けてくれたのは里見ではなく、あっくんだ。冷房が効いた仕事部屋で、おとなしくおもちゃで遊んでいたらしい。最近、こういう光景を見かける。仕事に取りかかると夢中になる里見に、あっくんは魅入られているようだ。そばでおもちゃやぬいぐるみで遊びながら、時折ＰＣに向かい続ける里見をひたむきに見つめている。

ふたりの仲が深まっていくのが、こんなに嬉しいなんて。お互い手探りで、ぎこちない頃があったからこそ、いまのこの歩み寄りがあるのだ。

それはともかく。

「一彰さん、お仕事中すみません。あの……じつはいまから、叔父が来ると言ってるんです」

「うちに？」

里見がくるりと椅子を回してこちらを向く。自分のほうを向いてくれたと思ったらしいあっくんが嬉しそうにその膝にすがりつくので、里見もにこにこしながら抱き上げている。

「ごめんねー、あっくん。俺、仕事ばかりで」

「かず、あとであそんで」

「うん、遊ぼうね」

「あっくんね、おいしゃさんになるの。かず、どこかいたい？」

「うーん、胸かな？　あっくんにドキドキしてしまって……」

「はい、このおくすりどうぞ」

あっくんはテレビを観て覚えたらしい言葉を可愛らしい声で紡ぐ。里見はもうデレデレで、胸を押さえて、「もう治りました！　あっくん先生すごい！」とはしゃいでいる。

ふたりの可愛い会話に微笑み、――いや違った笑っている場合じゃなかったと思い出した。

「俺が対応しますから、一彰さんはあっくんをお願いします」

「俺も挨拶するよ。わざわざ来てくださるなんて、なんか大事な用じゃないかな」

「いや……」

ただ、割れたティーカップを交換しろとねじ込んできているだけだ。

困ったなと思いながらも、あっくんは怖がらせたくないし、里見にも迷惑をかけたくない。「ここでゆっくりしていてください」と言い置いて、急いでリビングに向かい、篤郎を迎える準備を整えた。夜の八時前、篤郎は酒を飲みたがるかもしれないが、あとがどうなるかわからないのでお茶にしておこう。そして、穏便にすませるため三十分程度で帰ってもらい、あっくんを寝かしつけよう。

広いリビングにコードレスの掃除機をさっとかけ、ソファのクッションを叩いて膨らませる。あっくんという子どもがいるにしては、わりと綺麗なリビングだ。そこかしこにカラフルなあっくんのおもちゃが置かれているので、ひとつひとつ集めて専用のバスケットに入れていると、部屋のチャイムが鳴った。インターフォンに出ると、「俺だ」と横柄な声が聞こえてきた。

「いま開けます」

マンションエントランスの自動ドアのロックを外し、玄関まで出迎えた。そして、いざ扉を開いてぎょっとした。

「ほら」

「……え？　なんですか、この箱」

仏頂面の篤郎は、今夜も水色のシャツにシックな焦げ茶のパンツと粋だ。しかし、突き出したその手は可愛らしいピンクの小箱を提げている。

「あの」

「ガキが食べるだろ。こういうの」

箱の側面を見ると、都内でも有名なケーキショップだ。ちょっと高めなので、那波はたまに仕事を早く上がれると、ここの美味しいケーキを買ってあっくんや里見に渡している。そういえば、里見とつき合っている間、カフェもあるこのショップに何度か立ち寄っていた。里見は決まってモンブラン、自分だったら季節のフルーツのタルトかショートケーキ。

丸いテーブルに向かい合わせに座って、『美味しそうだな』『ですよね、ひと口交換しませんか』という甘いやり取りもしていた。

「どうした、顔を赤くして」

不審そうな顔をする叔父に、「いえ、……すみません」と言って、ありがたく箱を受け取った。

もしかして、手土産なのだろうか。意地悪な叔父なのに、どういう風の吹き回しだろう。

訝しく思いつつ、リビングに通した。ここの住所や電話番号は、聡子の葬式のときに伝えてあった。若くして亡くなった聡子を思い、母が、『なにかあったら困るから、お互いの連絡先を教え合いましょう』と言ったのだ。

叔父は難しい顔で、代官山のアドレスを教えてくれた。だから、那波も、里見と住むこの品川のアドレスを手渡した。

「叔父さん、電車ですか。車ですか? 遅い時間だからお酒を出したいところですけど、お帰りになるとき事故でも遭ったら怖いから、紅茶をお出ししますね」

「構わん」

オフホワイトのソファにどかりと篤郎は腰掛ける。それから、ものめずらしそうにあちこち見回し、「……あまり汚れてないんだな」と呟いた。

「ガキがいるから、もっと散らかってるのかと思った」

「慌てて掃除したんですよ。それと、ガキじゃありません。あっくんです」

「秋生と呼べばいいだろう」

「ちいさいときぐらい猫可愛がりさせてください」

乱暴な篤郎に負けてたまるか。相応に言い返して、那波は香りのいい茶葉を使って、美味しい紅茶を淹れた。自分にも。そして、別室で遊んでいる里見にも運んでいった。あっくんには、リンゴジュースを差し入れた。

リビングに戻ってくると、叔父は神妙な顔をして紅茶を啜っていた。

「……思っていたより、静かなんだな」

「あっくんのことですか？　泣くときは泣きますよ」

「しょっちゅう泣いてるんじゃないのか？　……親を恋しがってさ」

「どう、なんでしょうね……」

口ごもりながら、那波は篤郎の斜め横のソファに座る。広いリビングなので、Ｌ字型のソファが置いてあるのだ。

「きっと、あっくんはまだ我慢しているんだと思います。保育所でお友だちと喧嘩したときは泣きべそをかいていますが、……それでも、お父さんやお母さんが突然いなくなったことはうまく理解できなくて、だけど寂しくて、たまに俺たちから離れてひとりで遊んでいることがありますよ」

「面倒じゃないのか。あのガ……秋生は、いつかおまえたちをじつの家族と認めると決まったわけじゃないんだぞ」

叔父の言うとおりだ。

この一方通行な愛情は重くて、鬱陶しくて、独りよがりなものかもしれない。何度もそう考えたのだが、施設に預けてたまに会いに行く、というやり方だけはいやだった。

「……叔父さんから見たら、さぞかし滑稽ですよね。いつか……あっくんが大きくなった頃、俺たちをうるさく思って出ていくなら、それもひとつです。でも、誰かがあっくんの後ろ盾になったほうがいい。もし困ったとき、こころが弱ったとき、頼れる相手がいることをあっくんには覚えていてほしいんです。……それも、傲慢な考えなのかもしれないけど」

ティーカップを持った篤郎は黙り込んでいる。

なにか言い返さないのか。「甘ちゃんだな」とか、「テレビドラマの観すぎじゃないのか」と失笑されてもおかしくないのに、篤郎は口を閉ざしたまま。

ふと顔を上げた篤郎がリビングの入り口に顔を向ける。那波もそちらを見ると、そうっとリビングの扉が開いた。

あっくんと里見が顔をのぞかせていた。

「……ゆう?」

「あっくん。一彰さんも」

「ごめんね、お話し中。あっくん、どうしてもお客様が気になるみたいでさ」

あっくんは篤郎をひと目見て顔を強張らせる。四歳の子なら、相手が自分に好意を持っているかそうでないかぐらいわかる。

「あっくん」

お部屋にいていいよ、と言おうとすると、あっくんは里見を背後につけながらこっちにやってきて、篤郎から少し離れた場所でぱちぱちとまばたきする。

「い……いらっしゃい、ませ……」

たどたどしく頭を下げるあっくんに、じわりと目縁が熱くなる。こんなにちいさくても、大人に気を遣うのだ。

油断すると涙がこみ上げそうだから、あっくんに近づいて頭を撫で、「偉いねえあっくん。挨拶できるんだ」と微笑んだ。

「できてた？」

「できてたできてた、バッチリだよ。ね、叔父さん」

振り向くと、叔父は真っ赤な目をしていた。食い入るようにあっくんを見つめ、紅茶を飲むことも忘れている。

「あの……叔父さん？」

おそるおそる呼びかけると、叔父ははっとした顔で目元を拳で擦り、「な、なんでもない」と言う。

その声がいくらか上擦っているように聞こえるのは気のせいだろうか。

だが、いまはあまりいやな気がしない。あっくんを見て叔父は文句を言うわけでもない。

「……ほんとうに、いいのか、これで。施設はべつに悪いところじゃない。ちゃんと目をかけてくれるし、同じような境遇の子どもも多いんだ。俺が施設のことを推しているのは、……秋生がもう少し大きくなったときに親がいないことでいまよりもっとつらい思いをするんじゃないかって危惧してるんだ。施設だったら、似たような経験を分かち合える奴もいるだろう」

叔父が言わんとしていることはわかった。両親が当たり前のように揃っている子どもに、あっくんが引け目を感じないかと言っているのだ。

それは、ある意味ほんとうのことだし、叔父ならではのやさしさではないだろうか。だから那波も里見もあっくんを抱き締め、考え込む。

なにがこの子のしあわせになるだろう。三食食べさせ、寝る場所を与えたからといってしあわせになるわけではない。強い結びつき、家族という絆をあっくんと分かち合いたい。

「あっくん、叔父さんがケーキを買ってきてくれたよ。イチゴのやつ。食べる？」

うまく言葉にできないから、いますぐ答えを探すことはやめて、あっくんの頭を撫でた。

「たべる！」

元気に返事をするあっくんに里見とふたりで笑い、「叔父さんもいかがですか」と誘った。

「お持たせで申し訳ないですけど、よかったら」

「いや、今日はこれで帰る。……遅くに来てすまなかったな」

「いいえ、とんでもない」

謝られるのは意外だったから、ちょっと慌ててしまう。足早に玄関に向かう叔父を見送ると、

「――今度」と篤郎が振り向いた。

「休みの日に……、あの、秋生を連れて、……動物園でも行かないか」

「えっ」

素直に驚いてしまった。叔父がまさか誘ってくれるとは思わなかったのだ。

「嬉しいです。里見さんも一緒でいいですか？　せっかくだから四人で行きませんか」

「まあ、おまえがそうしたいなら……」

曖昧に頷き、叔父は「じゃあな」とちいさく手を振って帰っていった。

嫌みな叔父らしくない表情が気にかかるけれど、引き留められないなにかがあった。

「勇、大丈夫？　叔父さん、どうしたんだろう。なにか大事な用があったのかな」

うしろから、里見が姿を見せた。叔父と言い争いになっていないか案じたのだろう。里見のやさしさと懐の深さを改めて知った気がする。まったくの赤の他人の叔父のことも、里見は気遣ってくれる。たぶん、那波の親戚だからだ。

男同士で籍を入れられない現実がもどかしいなと思う。

でも、いまは一緒にいる。あっくんも。たとえ、形式に頼らなくても、自分たちには自分たちらしい家庭を築けるはずだ。

そう考えたら、自然と微笑むことができた。

「大丈夫です。……そんなに悪いことにはならない気がします」

「勇？」

不思議そうな顔をしている里見を見上げて背伸びし、その頬に軽くくちづけて那波は笑った。

「一彰さんもケーキどうぞ。モンブランが入ってましたよ」

「うん、いただこうかな。さっきあっくんのもひと口もらってしまった」

他愛ない会話がなんとも言えずしあわせだ。しみじみと噛み締めながら、那波は里見とともにあっくんの待つリビングへと戻っていった。


翌週には篤郎から電話がかかってきて、那波と里見とあっくんはほんとうに都内の動物園に遊びに行くことになった。接客商売の那波にとって、貴重な土曜、日曜の連休だ。できれば三人で家族水入らず過ごしたいところだが、『動物園に行くって言っただろ』と篤郎が電話口で言ったので、『……わかりました』と請け合った。

角は立てたくない。せっかくの休日なのだし、精いっぱい楽しもう。そう思ってお弁当を作ろうと考えたが、あっくんが目をきらきらさせて、『あした、なにたべる？　なにたべる？』と夕食の支度をしていた那波に訊いてきたことで、そうだ、たまには外食もいいなと思った。

那波も何度か行ったことのある動物園は土曜ともなるとひとであふれるだろう。レストランもきっと大行列だろうが、動物園らしいメニューがあったはずだ。

『あっくん、明日は外で食べようか』

『おそと！』

レストランで食べるのだと説明したら、あっくんは嬉しそうに顔をほころばせ、リビングで仕事をしていた里見に早速報告しに走っていった。もうほんとうに可愛くてどうしてくれようという心境だ。

迎えた日曜は、綺麗な夏空に恵まれた。里見は紺のキャップ、那波はグレイのキャップ、あっくんにはデニム素材のキャップをかぶせて気持ちのいい空の下を歩き、叔父との待ち合わせ場所である、動物園入り口まで来た。

ああいう性格だから、絶対時間どおりには来ないだろうなと思ったのに。

「遅いぞ」

「叔父さん！　早いですね。まだ十五分前ですよ」

入園券の売り場横で、叔父は不機嫌な顔で待っていた。ちら、とあっくんに視線を流し、咳払いする。

「……いい天気、だな」

「晴れてよかったです。入園券を買ってくるので、待ってて……」

「もう買った」

「え？」

「もう買ってある」

目が点になる里見と那波に、叔父は何度も訊くな迷惑だという顔をするが、いや、やはり訊いてしまう。肩にかけていたトートバッグから財布を取り出し、紙幣を手にして叔父に渡そうとすると、「いらん」と返ってきた。

「でも……」

「たいした額じゃないだろう。それに……その、……その、あ、あ、……あ」

「あっくんですよ」

里見がやさしくうながすけれど、叔父は鼻を鳴らす。

「秋生は六歳以下だから無料で入れる」

「叔父さん……」

「勇、ここはありがたく奢（おご）られようよ。すみません、ありがたく乗ります。あとでなにかごちそうさせてくださいね」

「動物園でか？　期待できないな」

叔父は皮肉交じりだが、不思議とあまりいやな感じはしなかった。

あとで、パンダのノリがついているラーメンでもごちそうしよう。

上機嫌で園内に入り、あっくんのために「パンダさん観る？」と訊いてみると、「ぞうさん！」と返ってきた。そういえば、昨日も象の出てくる絵本をずっと見つめていたっけ。

「じゃ、象さんに会いに行こう」

里見と手を繋いで、ちいさな姿が駆けだす。今日のあっくんは人混みのなかでも見つけやすいように、黄色のTシャツに青のショートパンツだ。

「……派手だな」

叔父のひと言に、思わず苦笑してしまう。

「あれなら迷子になってもわかりやすいでしょう？　もしも園内放送で、『黄色のTシャツに青のパンツを穿いた男の子が迷子になっています』と言われたら、すぐさま駆けつけられます」

「……なるほどな」

あっくんに追いついてみると、最前列で象にかぶりつきだった。

「おっきぃ……」

絵本の中に描かれた象よりもずっと大きい実物に、里見も那波も笑顔になる。

サービス精神旺盛な象は長い鼻を揺らし、係員に挨拶したあと、観客に向かってお辞儀のような仕草をする。とたんにあっくんも周りの子どもたちもはしゃぎ、「ぞうさん」コールだ。

象を堪能したあとは、白熊を観に行った。夏の暑い日なので白熊はだれていて、腹を見せて寝こけていた。

「ねてるの？　くまさん」

「そうだね。今日暑いからさ、氷の国が懐かしいんだよ」

「ふぅん……」

そのあとは、さまざまな鳥を観て周り、ちょうどお昼時だからと狙っていった子どもコーナーでは、可愛らしいウサギやハムスターを膝に乗せてもらえた。

これにはあっくんもメロメロだったようで、ちいさな膝に乗った真っ白なウサギをそっと撫でていた。里見はずっとカメラを構え、あっくんの可愛い姿を一枚でも多く残そうと必死になり、那波はそんな恋人と従甥の姿に笑って時折に休憩をうながした。

叔父の篤郎はというと、少し離れた場所で、自分たち三人をじっと見つめていた。「ちんたらするな」と文句を言うでもない、だからといっておもねるわけでもない。

この休暇は、叔父にとってどういう意味を持つのだろう。考えれば考えるほど不思議だ。

そろそろ一時半だ。あっくんも「おなかすいた」と言いだしたので、緑の濃い一角にあるレストランに入ってみた。

「俺、先にテーブル取っておくよ」

「すみません。お願いします。なに食べます？」

「カレーかな」

即座にテーブルを確保しに走っていく里見を見送りつつ、叔父は困惑した顔だ。頭上にあるメニュー表を見て迷っているようなので、「ここは俺に出させてください」と申し出た。

「入園チケットを奢ってもらいましたし」

「……任せる」

「はい。あっくんは、お子様ランチ？」

「うん！」

元気な四歳児はパワーがあり余っているようだ。

カウンターに並んで料理を注文し、出来上がりを待つ。その頃には里見も一度戻ってきていて、一緒に料理が載ったトレイを運んでくれた。里見はビーフカレー、あっくんはお子様ランチ、那波と篤郎は醤油ラーメン。

パンダの顔に切り抜かれたノリに、叔父が目を丸くしている。

温かいうちに食べようと言い合い、那波とあっくん、里見と篤郎が隣り合わせでテーブルに着いた。あっくんは最近食べ方がずいぶん上手になってきて、あまりこぼさなくなった。チャーハンにハンバーグ、鶏の唐揚げにトマトサラダと、いかにも子どもが喜びそうなメニューだ。

チャーハンを美味しそうに頬張るあっくんが、正面に座る篤郎をじっと見ていることに気づいた。

「あっくん？」

「……ぱんだ……」

「んん？　パンダ？　ああ、篤郎さんのノリのことだね」

醤油ラーメンの上には、可愛いパンダの顔が黒いノリで切り抜かれたものが載っている。それにあっくんは魅入られて、口を半開きにしている。

「あっくん、俺の食べる？」

横から言ったのだが、あっくんは篤郎と那波を交互に見て、首を横に振る。

「いらないの？」

「……ぱんだ」

やっぱり食べたいようだ。しかも、篤郎のノリが。ごはんを食べることも忘れているあっくんに、篤郎のほうがお手上げになったようだ。箸でつまんだノリをあっくんの皿に載せてくれるかと思ったら、「あ、……あーん」と低い声が聞こえてきて、里見とともに顔を見合わせてしまった。

篤郎が耳の先を赤くしながら、「あーんしろ」とあっくんに迫っている。あっくんも驚いていた様子だが、篤郎の言葉に素直に従って、ちいさな口を開ける。そこで、篤郎は箸の先をふうふうしながら、慎重にあっくんにノリを食べさせた。

青天の霹靂(へきれき)だ。あの高圧的な篤郎があっくんにあーんと言って食べさせるなんて。

もごもごと咀嚼しているあっくんに、篤郎が、「うまいか」と訊いている。

「……おいしい……！」

「そうか。じゃあ、メンマもやる」

いい色に染まったメンマももらって、あっくんはご機嫌だ。自分の皿からハンバーグを子ども用フォークで不器用に切り分けると、ぐさっと欠片(かけら)を差して、篤郎に突き出す。

「はい」

「あ、あっくん」

恐れを知らない従甥だ。この度胸は誰の血筋だろう。里見と那波が見守るなか、叔父は決まり悪そうな顔で口を開け、ハンバーグを食べさせてもらっている。

「おいしい?」

「……ああ」

だめだ。我が従甥の最高の笑顔に胸がきゅんとするどころではない。里見が興奮した顔でカメラのシャッターを切っている。

「あっくん、そっちいく」

「え、俺がどいたらいいのかな?」

「かずは、ゆうのとなり。あっくんは」

そこであっくんはうろうろと視線を彷徨(さまよ)わせた。篤郎をどう呼んでいいのかわからないのだろう。目が合ったので、「叔父ちゃん、だよ」と教えてあげるとこくりと頷き、なんとも可愛らしい声で、「お、……おじちゃんのとなり」と言った。

そこで、あっくんは里見と席を交換し、無事、篤郎の隣に陣取った。子ども用の椅子に座っているあっくんを叔父は怖々と見つめているが、困ったような顔で、「……なあ、どうしたらいいんだ」と助けを請うてきたので、思わず笑ってしまう。

「あっくんが椅子から落ちないように気をつけて見てくだされば。ごはんは大丈夫だと思います」

「らーめんたべたい」

那波と篤郎と里見の間に流れる微妙な空気を物ともせず、あっくんがねえねえと身を乗り出す。やわらかな手で腕を摑まれ、叔父も参ったようだ。わざわざ席を立ってあっくん用にちいさなお碗をもらってきたかと思ったら、自分のラーメンを少しよそい、手渡している。

「ふうふうできるか」

「できる」

「ラーメンは啜って食べるんだぞ。ほら、こう、見てみろ、叔父さんみたくずるずるっと」

「できる」

あっくんはフォークを握り、プラスチックのお椀に取り分けてもらったラーメンを危なっかしい手つきで美味しそうに食べている。

……なんだろう。和みすぎてしあわせだ。

大人三人はみな、あっくんに釘付けだ。前のめりすぎるあっくんがあともう少しでお椀をひっくり返しそうなときは、全員が「あっ」と腰を浮かしたが、いちばん近くにいた篤郎が世話をしてくれた。無骨な感じではあるけれど、そこに悪意はない。そのことは、誰よりもあっくんがいちばんよく知っているのだろう。スープも飲み干してひと息つき、「ごちそ……、さまでした」と篤郎に言っているところを見たら、なんだか目頭が熱くなってしまった。隣の里見もそうだ。

「あっくんは毎日大きくなっていくんだなぁ……俺、もっともっとあっくんと一緒にいたいよ」

里見の感慨深い声にあっくんは首を傾げ、篤郎のほうを向いて、「おつゆ」とお椀を差し出している。よほど醤油ラーメンがお気に召したようで、里見の感傷なんてお構いなしだ。それでこそ四歳児だ。

「え？　あ、ああ、ラーメンのおつゆか。わかったよ」

「叔父さん、すみません。麺が伸びちゃいますよね」

「口に入れば一緒だ」

麺がひたひたになるぐらいまでおつゆをれんげですくい、ちいさなお椀に移したあと、篤郎はそれをあっくんに返す。

「……ほら。こぼすなよ」

「うん」

素直に頷いているあっくんと篤郎は、なんだかほんとうの親子のようで羨ましい。あとでお茶をしたときにでも、今度は自分が隣に座らせてもらおう。

篤郎は少し伸びたラーメンを啜っている。あっくんは隣でそれを興味深そうに見ている。里見はそんなふたりを見て、感激の面持ちでカレーを食べている。那波はというと、里見からカメラを借りて何度もシャッターを押した。「撮るな、おい」と叔父が怒ったように言うが、その声に迫力はあまりない。

「あー、お腹いっぱいだ。あっくん、このあとなにが観たい？」

「ぺんぎん。あとさる。あとね、ぴんくいろの……とり？」

「なんだろ」

里見とふたりで首をひねっていると、ラーメンを食べ終えた叔父が仏頂面で、「フラミンゴか」と口を挟んできた。

「ふらみんご！」

当たりだったらしく、あっくんはにこにこしている。「ねー」と叔父に笑顔を向けているところなんか、もう天使だ。

少し休んでから、再び四人は動物園を歩き回ることにした。モノレールに乗って、反対側の敷地に行くと、鳥の楽園が待っていた。

「ふらみんごー！」

片足で立つ洒落たピンク色のフラミンゴたちに、あっくんは夢中だ。ひとり駆けていきそうなのをなんとかTシャツの襟（えり）を摑んで捕まえる。すると、里見がしゃがみ、「あっくん、俺のここに乗る？」とうなじを見せる。

「のる」

「はいどうぞ。しっかり摑まってて……よいしょ！」

身長の高い里見に肩車をしてもらったあっくんは、大はしゃぎだ。きゃあきゃあと歓声を上げて、里見の髪をむんずと摑んでいる。

「……あいつ、まめだな」

あっくんを背負う里見のうしろ姿に、篤郎がぽつりと呟く。

「自分の子でもないのに、変な奴だ」

「いいひとですよ。ほんとうに……いいひとなんです」

嚙み締めるように言うと、篤郎が眉尻を下げ、ためらうような顔を向けてきた。

「おまえとあのひとは——どういう仲なんだ。ルームシェアをしていることは聞いたけど、ただの友だちってわけでもないだろう」

鋭い言葉に、息を吞んだ。

ほんとうのことを打ち明けるか。それとも上手にごまかすか。

猶予が欲しい。ほんの少しでいい、決断する時間が欲しい。

「……叔父さんは、どうして今日、動物園に誘ってくださったんですか？　あっくんのこと、あまり気に入っていないかと……思っていました」

「ガキは嫌いなんだよ」

低い声の篤郎に一瞬怯むと、「……嫌い、だったんだよ」と叔父が呟いた。

「……だった？」

「あいつには言うなよ。おまえの親にもだ。……俺は昔、結婚を約束した女がいたんだ」

初耳だ。篤郎は独り身を謳歌（おうか）していると思っていた。そう考えたことが顔に出たのだろう。

篤郎はふいっと視線をそらしてしまう。

「もう、十五年以上も前のことだ。うちの会社に新卒で入ってきたそいつに、俺は一目惚れしちまった。部下に手を出すわけにはいかない。でも、どうしても彼女とつき合いたかった。……だから、頭を下げて打ち明けたんだ。俺とどうかつき合ってほしいってな。……彼女、なんて言ったと思う？」

「イエス、でしょう？」

「ふん。少しぐらい鈍いほうが可愛げがあるぞ」

憎まれ口を叩く叔父に、那波はくすりと笑う。叔父の過去なんて初めて聞くから、好奇心をそそられる。

「おまえの言うとおりだ。彼女は俺とつき合うようになった。二年後、俺の子を宿してくれたとわかって、籍を入れることにした。……でも、その直前にあいつ、死んだんだよ」

「……え」

「定期検診で通っていた産婦人科からの帰り道、信号無視の車にはねられたんだ。お腹の子もろとも……死んだよ。もし、いま生きてくれていれば……。あのとき彼女は聡子と近い年だった。子どもも……生まれてくれていたら、中学生ぐらいになっていた」

言葉を切って、篤郎は先を行く里見たちを見つめる。その目がうっすらと潤んでいるのを見ているうちに、那波も鼻の奥がつんと痛む。

そんな苦しい思いを抱えていたなんて。きっと那波の両親も知らない。

叔父がなぜ、誰に対しても刺のある態度を取り続けてきたのか、少しだけわかった気がする。妬んでいたのだ。羨んでいたのだ。叔父だって当たり前のしあわせを掴みかけていたはずなのに、不慮の事故で失い、感情の行き場を見失っていたのだ。

「散々秋生を施設に行かせたほうがいいって言ったのは、ちゃんと面倒を見てくれるところで育ってほしかったからだ。血の繋がりがあるとはいえ、おまえはまだ若い。いつか誰かに恋をしたとき、秋生が重荷になるかもしれないからと思ったんだ」

叔父らしい不器用な愛情表現に、那波も素直に頷く。冷たいこころで施設に行けと言っていたのではないのだ。叔父は叔父なりに、あっくんの未来を考えていたのだ。

「……秋生、可愛いな」

「はい」

「しあわせなのか」

「はい、とても」

那波は深く頷く。いままでに聞いてきた言葉の中で、もっとも嬉しい。里見との仲を指しているのか。それともあっくんのことだろうか。三人のことかもしれない。でもそこをつつくのは無粋な気がしたから、叔父からもらった言葉を胸の裡（うち）で反芻（はんすう）していた。

叔父を疎んじていた自分が恥ずかしい。今日この機会だって、わざわざ叔父のほうから持ちかけてくれたから生まれたのだ。もしも、断っていたらどうなっていただろう。叔父はますます頑なになり、自身の傷を隠すために周囲に毒を吐き続けていたかもしれない。そして、那波はそんな叔父を誤解したまま生きていったかもしれない。

まったく違う人間の歩んできた道が、ある日あるとき、不思議と交差することがある。

いまが、きっとそうだ。

那波は言葉を探した。なにを言えば叔父に届くのか。寂しいこころを慰めることができるのか。

ふいに、里見の肩に乗ったあっくんが振り向いて、手を伸ばしてきた。

「おじちゃん」

ちいさな手が太陽を浴びて、きらきらしている。だから、那波も涙をぐっと堪えて、「叔父さんもどうですか」と誘ってみた。

「あっくんを背負ってみませんか？　あったかいし、結構ずしっと来ますよ」

「……仔ブタを背負うようなもんだ」

やっぱり素直になりきれないらしい叔父だが、苦笑いして、里見に近づく。そしてぎこちなくしゃがんだ。

「ほら、秋生、……来い」

「うん！」

あっくんは叔父の肩に乗せてもらって、嬉しそうだ。

子どもは、最高だ。大人だったら空気を読むとか相手の出方を窺うとかすぐに考えてしまうけれど、ちいさな子は自分のやりたいようにやる。お世辞を知らないし、好いている人物だけに近づく。幼いとはいえ、あっくんにだって相応の警戒心はある。知らないひとを見たら顔を硬くする。もちろん、お愛想なんか絶対に言わない。

だから、いま、あっくんはあっくんなりに叔父を信頼しているのだ。

背負う係を代わってもらった里見が首を揉みながら、隣にやってくる。

「あっくんを背負い続けたら俺、髪を引っ張られすぎて禿げるかも」

「ふふっ、それでも格好いいですよ一彰さん」

「あー……」

こころから微笑む那波に、里見が目を眇める。

「いますぐ抱きたい。めちゃくちゃ可愛いよ、勇」

ぼそりとした呟きに、体温が急上昇してしまう。

「も、もう……、そういうのはもう少しお預けです」

「じゃ、今夜、勇だけでもいかせてあげようかなぁ……」

色っぽいことを耳元で言うなと怒鳴りたい。肘(ひじ)で里見の腹をつついていると、「ゆう！　かず！」と明るい声が聞こえてきた。見れば、あっくんが前で手を振っている。

「ぱんだみたい」

「だよねー。パンダ観よう観よう」

里見がころっと表情を変えて、あっくんの手に触れる。那波も笑顔でその手に触れ、四人は笑みを交わす。

純粋な混じりけなしの愛情が、ここにある。

それが嬉しくて、しあわせで、もうこれ以上楽しいことがあったら罰が当たる――冗談交じりにそんなことを考えた那波は、その夜、自宅に戻ってきてポストをのぞき、愕然(がくぜん)とした。

なにもない。チラシ一枚さえも。

普段だったら、どこからか葉書や封書が届く。たくさんのチラシも投げ込まれる。だから毎日のぞくようにしているのに、今日に限っては一通もなかった。

さすがに、これはおかしいのではないか。

楽しい気分が凍り付く。足早に部屋に戻ると、里見があっくんをお風呂に入れてくれたところだった。一日遊んで、あっくんはもう眠そうだ。急いで世話を手伝い、あっくんの髪をドライヤーで乾かして清潔なパジャマを着せる。ベッドに運び込む頃には寝息を立てていた。

穏やかな寝顔を里見と見つめ、それから、「大事な話があります」と里見を誘ってベッドルームを出た。

まだあっくんが寝付いたばかりなので、扉を開けたまま、廊下に寄りかかって話すことにした。

ポストにコンドームが入れられていたこと。電気やガスの請求書がなくなっていたこと。そして今日、一切合切の郵便物がなくなっていたこと。

けっして怯えたりせず、正確に事実を伝えたつもりだが、声が震えたかもしれない。

「そうか……」

里見は腕組みをし、考え込んでいる。それから、ふいに心配そうな顔を見せた。

「ごめん、あなただけ不安にさせてしまって。俺ももっとチェックしておけばよかったね」

「いえ、それぐらいやらせてください。一彰さんは仕事で忙しいんだし」

「そんなのお互いさまだよ」

微笑んで、里見はベッドルームをのぞき、あっくんが熟睡していることを確認すると、手を繋いできた。

「一緒にポストを見に行こうか」

「……はい」

先ほど見たばかりだから特別なことはないと思うが、里見とふたりで確認しておきたい。

夜遅くのエントランスは静かだ。

自分たちにあてがわれているポストをのぞくと、封筒が入っていた。里見が用心深くそれを引き出し、「花柄の封筒だ」と呟く。

「それって……」

「もしかしたら、なにかお土産入りかな」

里見が目を眇め、封筒の表、裏とひっくり返す。名前も宛先も書かれておらず、切手も貼られていない。つい一時間前に見たときにはなかったので、誰かが隙を狙って投げ込んだのだろう。

見守る那波の前で、里見は封筒をゆっくり開いた。中からピンクのパッケージに包まれたコンドームが出てきたことで、顔が強張る。

「悪戯だね。俺か、あなたを狙っている」

「……でも、誰なんだろう……」

里見に断言されたことで危機感がつのる。

今日のことがなかったら、叔父の悪戯かと疑っていたことだろう。けれど、半日ともにしたことで、篤郎は意外にも温かなこころを持っているとわかった。あっくんに引っ張り回されて最後はさすがに疲れた顔をしていたが、それでもちゃんと手を繋ぎ、喉が渇いたというあっくんにジュースを飲ませてくれていた。

だったら、仕事上で恨まれているとか。

「うーん……ただコンドームを入れるだけなら、子どもっぽい悪戯かなという気もするんだけど、郵便物が抜かれているというのは気になるんだよね。俺もあまりいい性格じゃないからなぁ……編集者には恨まれてるかも」

頭をかいて苦笑している里見から花柄の封筒を受け取り、丁寧に三つ折りにする。中のコンドームがぐにゃりと曲がる感触が薄気味悪い。

「もしも宣伝目的だったとしても、こんなコンドーム、気持ち悪くて使えません」

「んー、穴が開いてたりしてね。──そこから俺の精液がこぼれて、勇を妊娠させちゃったりして」

「し、しません！」

顔を真っ赤にして反論すると、里見は可笑しそうな顔で鼻先にちゅっとくちづけてくれた。

「おいで、勇。ホットミルクを作ってあげるから、それを飲んで、あっくんと三人で寝よう」

「そう、……ですね。あっくん、泣いてないかな」

「もし泣いてたら、三人でホットミルクを飲もう。夜更かしも楽しいよ」

普段はきちんとしている里見だが、たまにこんなふうに肩の力が抜けるようなアドバイスをくれるのが嬉しい。無理しなくていいよ、と言ってくれるからこそ、がんばろうと思うのだ。

ふたりで腕を組んで部屋に戻ると、あっくんはタオルケットを蹴っ飛ばしてお眠り遊ばしていた。丸いお腹が大層可愛い。冷えないように水色の腹巻きをしているのも、微笑ましい。

里見が目を煌めかせて振り向いた。

「そうだ、明日みんなで夏物を買いに行かない？　あっくんのシャツとかパンツとか、俺選んでみたいんだよね」

「いいですね。じゃあ、お互いあっくんに似合う一式を揃えて、対決しましょうか。審査員はあっくん」

「よし、絶対勝つ」

「俺が勝ったらどうします？」

「明日の夜、いちばん気持ちいいフェラをしてあげる」

「……負けたら？」

「うんといやらしく俺にすがってもらおうかな」

「それ、勝負にならないじゃないですか」

俺、どっちも好きだし、なんてこころの中で呟く。

結局その夜も互いに甘く触れ合った。高め合うことはしなくても、ただ手を握るだけでも満たされる。

そして、大勝負を賭け、翌日の朝が来た。

「ゆう、ぱんたべたい」

「はーい。いま焼けるからサラダ食べて待っててて」

「あっくん、トマト食べないの？　美味しいよ」

「かずにあげる」

朝の食卓はなんとも賑やかだ。子どもらしい好き嫌いがあるあっくんはトマトをあーんしてくれる里見からぷいっと顔を背けているが、そこでへこたれる里見ではない。

「じゃ、俺が食べちゃお。んー、美味しいな。甘くてしっとりだ」

いかにも美味しそうな顔で、里見はサラダを鮮やかに彩るトマトを頬張る。それを横で見ていたあっくんの口がしだいに開いていく。バターを塗ったトーストをあっくんの元に運ぶ那波は可笑しくてたまらない。

「もう一個食べよう……ん？　あっくん、どうしたの」

里見の腕を摑み、あっくんが身を乗り出している。

「……たべたい」

「トマト？」

「うん」

頷くあっくんは、ちいさく切り分けたトマトを口に運んでもらい、真面目な顔で咀嚼している。

「……もういっこ」

「トマト美味しいよねえ。トマトさんもあっくんに食べてもらえて嬉しいんだよ」

少しずつ、里見の餌付けが成功しているようだ。大人が率先して美味しそうに食べることで、子どもも好き嫌いがだんだんと減っていく。最大の難関はニンジンだ。甘くしても、カリッとしても、あっくんには食べてもらえない。ここは焦らず、いろいろな料理にニンジンを仕込もうと思う。だがあっくんのほうが上手かもしれない。ちいさく刻んで混ぜ込んでも、見事によけられてしまうのだ。

そんなところも、育児の楽しさだろうか。

この子はなにが好きで、なにが嫌いなのか。保育所でお友だちとはどんな話をしているのか。もう、将来の夢はあったりするのだろうか。

「あっくん、大きくなったらなんになりたいの？」

向かい合わせに座る那波に、あっくんはトーストを食べる手を止めた。

「こんびにやさん」

「コンビニ？」

「うん。おうちのまえにあるこんびにやさん。なんでもうってる」

なるほど、コンビニエンスストアか。そういえばあっくんを連れてよくマンション前のコンビニエンスストアに行っている。ちいさな敷地にたくさんの商品が置かれているのは大人でも楽しいが、子どもにとってはわくわくする場所なのだろう。

「じゃ、今度コンビニにお使いに行ってくれる？」

「いく！」

「偉い、あっくん。じゃ、トーストを食べ終えたら、買い物に行こうね」

「いくいくー。かえり、あいすたべたい」

「いいよ。コンビニにソフトクリームあるもんね。あれを食べよう」

機嫌のいい里見に、あっくんは照れくさそうに「うん」と頷いている。ふたりの仲は日に日に深まっているようで、見ているこっちも嬉しい。

みんなで朝食を食べ終えたら、さっと皿を洗って、揃って外に出た。今日の里見は、襟元だけに紺のドットがついている洒落たボタンダウンシャツにベージュのチノパンツ。那波は青いシャツにグレイのチノパンツ。ベルトにドットが散らばっている。そして主役のあっくんは、青地に白のドットが可愛らしいTシャツとショートパンツだ。いつも服を着せるとき、こんなにちいさいのかと感動し、じんとしてしまう。あっくんは同世代の子どもと比べると小柄だけれど、毎日成長している。いまにきっと、このTシャツも着られなくなるだろう。夏は洗濯回数も多いし、今日はあっくんの服をたくさん買い込みたい。

三人で新宿まで出て、西口にある大きな百貨店の子ども服売り場に向かった。バーゲンも終盤で、そこここで子どもの夏服が安くなっている。

「じゃ、最初は俺のばん」

トラッド系のショップで、里見は真剣な顔つきであっくんに似合う服を探している。選んだのは、かっちりした感じのシャツに穿きやすそうなグレンチェックのパンツだ。早速あっくんにあてがうと、おしゃまな感じが可愛い。

「あっくん、この服どう？」

「んー……」

里見の渾身のコーディネイトに、あっくんは困った顔だ。ファッションにまったくこだわらなかった里見を思い出すと、なんだかとても嬉しい。いまでは、男性でも飾る楽しみを覚えて、ネットでもよく服を買っているところを見かける。

「うーん、不発かな。じゃあ、勇のばんだよ」

「任せてください」

胸を張り、あっくんをカラフルな子ども服のショップに連れていく。そこで、元気なひまわりのような黄色に象のアップリケがついたTシャツと、縞模様のショートパンツを選んだ。

「これ！　ぞうさん！」

あっくんは目をきらきらと輝かせ、Tシャツの胸についた象さんを撫でている。

「ぞうさんがいい。あっくん、これがいい」

「うわ、見事に俺の負けか」

「ふふ、でも一彰さんのコーディネイト、素敵でしたよ。あっくんがもしもどこかの結婚式にお呼ばれすることがあったら、ああいう格好がいいな」

残念そうな里見を励まし、「ちょっとトイレに行ってくるね」と言う彼を見送り、会計をすませてあっくんの手を繋ごうとすると、「——那波、さん？」と驚く女性の声が聞こえてきた。

振り向けば、相談客の石原だ。

「こんなところで会うなんて」

微笑む石原が一歩踏み出し、あっくんを見てはっと顔を強張らせる。

「あの……那波さん、ご結婚されていたんですか」

「いえ、この子は従甥です」

「あ、もしかして以前スマートフォンに映っていた……」

戸惑う石原は夏のひまわりのような黄色のワンピースを身に着け、黒髪をさらさらと揺らしている。多くのひとが行き交う百貨店でも、彼女は目立つ。

「お名前、なんていうの？」

やさしい声で、石原があっくんと同じ目線にしゃがみ込む。

「……あっくん」

「あっくんていうんだ。いいお名前だね。今日は、お洋服を買いに来たのかな？」

「そう」

「どんなお洋服？」

「あのね、ぞうさんがついてるの。ここ」

石原のやわらかな声は、あっくんの警戒心を解いたようだ。胸をとんとんと指すあっくんに、石原は相好（そうごう）を崩し、「可愛いですねぇ」と那波を見上げる。

「目元が那波さんそっくり。いまも可愛いけど、大人になったらすっごく格好よくなりますよ」

「ありがとうございます。あっくん、よかったね。格好いい男の子になれるよ」

「ゆう、ぞうさんきたい」

「え、もう包んでもらっちゃったけど、着る？」

「きたい。みせたい」

石原に見せたい、ということだろうか。あっくんの頼み事であれば断るわけにはいかない。Tシャツを折り畳んでいた店員に頼んで受け取り、試着室の中で着替えさせた。

「ほら！　みて！」

試着室から出るなり、あっくんが得意げに石原に新しいTシャツを見せびらかす。

「わあ、お姉ちゃんとおそろいの色だね。あっくん、黄色が好きなんだ？」

「すき。おねえちゃんも？」

「だーい好き。好き、ほんとに……、好き」

言いながら、石原が色気のある視線を流してきたことで胸がどきりとなる。

意味深な声だった。自分が気にしすぎだろうか。

石原はあっくんの頭を愛おしそうに撫でて、「……じゃ、お姉ちゃん、まだ用事があるから行くね」と言う。

「あっくん、またね。また会おうね」

「うん、またね」

あっくんにしてはめずらしく手を振ってバイバイまでしている。この間、篤郎と行った動物園の帰りでもしなかったのに。やはり母親を想って寂しいのだろうか。女性らしい温かさは里見も那波も持ち合わせていないから、もどかしい。ふわりと抱き締めたとき、やわらかな身体はきっと安心するのだろう。

それでも那波はしゃがみ、あっくんをそっと抱き締めた。

「ゆう？」

「あっくん、俺はあっくんが大好きだよ」

「あっくんも」

「俺も」

「あ」

いつの間にかトイレから戻ってきていた里見が、笑顔であっくんの頭を撫でたあと、那波の髪もやさしく撫でる。

「ふたりともいい子で待っててくれていた？　もうちょっと買い物しようか」

「そうですね」

どうやら里見は石原を見ていないようだ。たとえ見られたとしても、仕事で接しているひとですよと言えばいい。

ただ、ふたりで遊園地に行ったとき、女性の相談客と行くとまでは言っていなかった。那波としては正しく仕事の一環として石原に同行しただけなのだが、あのときの石原ははしゃぎ、傍(はた)から見ればお熱い恋人同士に映ったはずだ。

『仕事だからってそこまでする？』

もし、里見に呆れられたら。そう思うと、臆してしまう。

石原のことは、穏便に片付けよう。なんとか彼女のお眼鏡にかなう男性が見つかるといいのだが。

三人分の夏服を買ったあとは、あっくんの要望に従って、レストランフロアでランチを食べることにした。あっくんは中華料理が好きだ。なかでもチャーハンが大好きなので、那波も好きな店に入り、三人で赤いテーブルを囲む。

「かに、はいってる？」

「入ってるよ～。あっくん、シュウマイも食べようか」

「たべる！」

里見のアイデアに、あっくんは身を乗り出す勢いだ。

すくすく育ってほしいけれど、こんなふうに三人でずっと過ごしたい。

満たされた気分でマンションに戻ると、里見が「先に部屋に入っていていいよ」と言った。

「俺がポストを見るから」

「……わかりました。あっくん、行こう」

今日はなにごともないといい。

しかし、五分後、里見が難しい顔をして戻ってきた。

「勇、ぞうきんとバケツ、あったっけ」

「あります。どうしたんですか」

「大丈夫、俺に任せて。ちょっとだけポストが汚れていたから掃除してくるよ」

しっかり頷く里見は、ベランダに置いてあった青のバケツに水を溜め、ぞうきんも持ってもう一度出ていった。

「……かず、どこいったの？」

あっくんも玄関まで来て、心配そうに見上げてきた。那波は笑顔を作り、「大丈夫、下のポストを掃除しに行っただけだから」と教えた。

「お風呂入っちゃおうか、あっくん」

「ゆうもはいる？」

「入る入る。水鉄砲で遊ぼうよ」

「あそぼー」

ひとまず、あっくんには心配をかけたくない。里見に任せてしまうのは申し訳ないが、ここは役割分担だ。あっくんを綺麗に洗って外に出ると、里見がちょうど洗面台でぞうきんを洗っていたところだった。

「あっくーん、お風呂どうだった？」

「あっつい。きもちよかったぁ」

「よかったねぇ。アイス出してあげるよ。先にキッチンに行ってて」

「うん！」

ちいさな足音がパタパタと駆けていく。那波も裸のままだから急いでバスタオルで拭い、「どうでした？」と訊いてみた。

「誰かが卵を中に入れて、割ったみたいだ」

「え……」

だから、洗面台に流れる水が黄色っぽいのか。

悪戯にしては度を過ぎていないだろうか。思わず那波が眉を曇らせると、里見は微笑み、「心配しないで」と囁く。

「ここのマンション、防犯カメラもあちこちにあるから。明日、管理人さんに聞いてみるよ」

「……わかりました。俺も注意しますね。後片付けさせてしまってごめんなさい」

「いいっていいって。これぐらい気にしない」

鷹揚（おうよう）に言ってくれる里見に申し訳なくなってくる。明日からは、自分から先にポストをのぞこう。

気を引き締め、翌日は里見と一緒に管理人を訪ねた。だが、プライバシーの問題もあるので、ポスト周辺に取り付けられた防犯カメラの映像は直接見られないということだ。

コンドームや卵を入れられたうえに、郵便物も抜き取られたようだと話すと、管理人は「わかりました。しっかり見ておきます」と請け合ってくれた。

「もしも不審な人物がいたら、警備会社にも連絡しますから」

「よろしくお願いします」

セキュリティ面では頼れるマンションなので、こうしたやり取りで事態が収まってくれたらいい。

幸いなことに、数日はなにも起きなかった。

もしかしたら、あれはほんとうにただの悪戯だったのかもしれない。那波は用心深く一日に数度ポストをチェックしていたが、前のようにきちんと郵便物が届き、チラシ類も入っていた。

「どこかの子の悪戯だったのかな……」

そんなふうに思いながら、那波は八月のある日の仕事帰り、あっくんを保育所に迎えに行った。

学校は夏休みのさなかだ。近所の保育所も長期の休みに入っているところがあるが、あっくんが通っている場所は、なかなか長く休めない親の仕事に合わせて、子どもを預けられるシステムだ。

この夏、里見は大忙しで、雑誌の仕事を二本こなすかたわら、長編小説もずっと書いていた。真面目に毎日働く彼に敬意を表して、肩揉みをしたり、寝る間際にマッサージもしたりしてあげている。

『もー、俺は勇に甘やかされっぱなし。あなたのいない生活なんて考えられないよ』

昨日も里見はそんなことを言っていた。いつどんなときでも、里見は礼を欠かさない。『ありがとう』とあの艶のある声で言われると、胸が甘く締め付けられてしまう。

どれだけ好きになればいいのだろう。久しぶりに手にした恋は意外にも深みを持っていて、自分が自分ではなくなってしまうほどの感情の昂ぶりがある。そのうち、あまりに里見が好きすぎて、幼稚な嫉妬で困らせてしまいそうだ。

苦笑いして保育所の門をくぐり、「こんにちは」と顔馴染みの保育士に声をかけた。

「那波勇です。あっくんを迎えに来ました」

「あら、那波さん」

保育士は笑顔を向けてくれた。

「毎日暑いですねぇ。お仕事お疲れさまです。あっくんは、ええと」

「あ、あっくんなら」

玄関の花壇を弄っていたべつの保育士が顔を上げる。

「連絡どおり、いつものお姉さんが迎えに来たので連れて帰られましたよ？」

「——え？」

お姉さん、……誰のことだろうか。

しかし、聡子はもういない。もしかして、実家の母が来て、先にあっくんを連れ帰ったのか。スマートフォンを取り出しているところへ、「勇？」と覚えのある声が聞こえる。

里見が背後に立っていた。それに、篤郎もいる。

「一彰さん、叔父さんも。どうしたんですか？」

「たまたまうまいケーキを買ったんだ。それでたまたまおまえんちに行ったら、たまたま秋生のお迎えの時間だからって聞いたんでな。……来てやったんだ」

「それは――ありがとうございます」

なんだか言い訳のような照れくさい言葉のような。素直じゃないけれど、叔父のことがちょっとずつわかってきて嬉しい――のだが、いまはあっくんだ。

「あっくん、もう帰ってますか？」

「いや、まだだよ。ちょうど篤郎さんがいらっしゃったし、いまの時間帯なら勇がお迎えに来る頃だから保育所に行ってみようということになったんだけど……どうしたの？」

顔を引き締めた那波に、里見も真面目な顔つきになる。

「秋生はどこに行ったんだ」

叔父のひと言に、ぶわっと不安が膨れ上がる。那波はもう一度先ほどの保育士に訊ねた。

「あっくん、もう帰ったんですね？　お姉さんというと、女性が迎えに来たんでしょうか」

「ええ。昼過ぎに今日は遅くなるので代わりに那波さんのご家族の女性に迎えを頼んだからと電話があって……近くに住んでるって話でした。以前から何度もここにいらして、遊んでるあっくんの相手をしてくれたり。あっくんも馴染んでました。自分は結婚して姓が変わったけど、間違いなく家族だとおっしゃって、最初に運転免許証と会社の社員証を見せてくださいました。那波さんと一緒に撮った写真も見せてくださって」

「写真……？」

「ええ」

「その方のお名前は？」

どんな事態になるのかまだわからないから、里見が丁寧に、落ち着いた声で訊く。

保育士は戸惑った顔をしていたが、やがて口を開いた。

「石原――ルナさん、というお名前でした。黒髪のとても綺麗な方です」

「石原さんが……？」

信じられない思いで呟けば、里見が、「知り合い？」と訊ねてくる。那波は急いで頷き、「スイート・マリッジの相談客です」と答えた。胸がひどく波打っていて、息するのが苦しい。

やられた。一緒に出かけた遊園地で何度か写真を撮ったのだが、それを使ったのだろう。

用意周到だ。最近はどこの保育所も送り迎えについては神経を張りめぐらしているから、くだんの女性は怪しまれないように前もって何度も訪れていたのか。しかも、那波になりすまして電話までしていたとは。誰か知り合いの男性を使ったのかもしれない。

石原が、あっくんを連れ帰った。どこに？　いま、ふたりはどこにいるのだ？

「どれぐらい前に帰ったんですか」

動揺する里見と那波に代わって、今度は叔父が訊いた。

「まだ五分ほど前です」

「なら、あまり遠くには行っていないはずだ。手分けして探しましょう」

那波の言葉に、里見が頷く。叔父も。その頃には他の保育士も集まってきて「どうしたの」と青ざめていた。

「この辺を捜してみます。見つけたらすぐに連絡を入れますから」

「わかりました。すみません、私が鵜呑みにしなければ……」

あっくんを石原に渡したと思しき保育士が真っ青になっているので、那波は無理やり微笑み、「きっと大丈夫です。見つけます」と約束した。あっくんを心配する気持ちはみな同じだ。

ひとまず、土地勘のない叔父は那波と一緒に行動することになり、住宅街の先にある公園まで行こうということになった。里見は、駅前やスーパーを捜すという。

「なにかあったら、スマートフォンですぐに連絡し合おう。篤郎さん、どうぞよろしくお願い申し上げます」

「わかった。勇、行くぞ」

「はい！」

叔父とともに、早足で保育所を離れた。いまが夏でありがたい。十七時を過ぎても空は明るく、夏休み中の子どもも多く見かける。

「秋生はそう人懐っこいほうだとは思わなかったがな」

「そうですね。わりと最初は警戒するみたいです。……でも、聡子さんが亡くなってからずっと、お母さんが恋しかったのかも。石原さんにはデパートで会って、懐いてましたし。保育士さんは、女性が何度も来ていたと言ってましたね。あっくんの警戒心を解くためだったのかな」

「だから信じたのか。……あいつ……」

叔父はため息をつく。もしもあっくんを悪く言おうものなら黙っちゃいないと歯を食い縛っていると、叔父はまっすぐ前を見つめる。

「絶対見つけるぞ」

「……叔父さん」

頼もしい言葉に、那波は何度も頷く。

不器用な叔父なりに、あっくんを心配しているのだ。それが伝わるから、あちこちの路地に向かって、「あっくん」「秋生、どこだ」と声をかけた。

どこにもあっくんのちいさな姿はない。石原はどこにあっくんを連れていったのか。タクシーで去られたらお手上げだ。こんなことなら、あっくんにGPS機能がついた子ども用のスマートフォンを持たせておけばよかった。

建ち並ぶ住宅のひとつひとつを訪ねたいぐらいだ。もし、この先の公園にもいなかったら、警察に電話をしよう。気が早いかもしれないが、あっくんはまだ四歳だ。心配しすぎてもおかしくないだろう。

「あっくん！　出ておいで！」

通り沿いにあるコンビニエンスストアものぞいた。あっくんの好きな「こんびにやさん」だ。よく、那波が買い物帰りにアイスを買ってあげるのを楽しみにしている。

あっくんを無事に見つけられたら、いくらでもアイスを買ってあげたい。「知らないひとには注意するんだよ」と毎日のように言い聞かせていたのだが、石原とは百貨店で会っているし、保育士の話では何度も来て一緒に遊んだりしていたようだから、さほど疑わずについていったのかもしれない。

誘拐、だろうか。

いやなふうに胸が騒ぐ。早く早く、一刻も早くあっくんを見つけたい。そして、ぎゅっと抱き締めたい。

路地の向こうにも呼びかけながら、那波と叔父は左前方に見えてきた公園に足を踏み入れた。ブランコにすべり台、砂場があって結構広い。元気な子どもたちがまだまだ遊んでいる。

「あっくーん」

物悲しい声になってしまう。すると、篤郎がはっとした顔で、腕を摑んできた。

「勇、あそこだ」

「え、……あ！」

叔父が指さす方向に、覚えのある愛おしい背中があった。砂場で、あっくんは細身の女性と一緒に遊んでいる。

「あっくん！」

あっくんよりも女性のほうが素早く立ち上がり、こちらを振り向いた。

「石原さん……」

「あ……」

もしも、石原が逆上してあっくんを盾にしたら。

けれど、案に相違して、石原の目縁にみるみるうちに涙が浮かぶ。つうっと頬にこぼれ落ちる

ひと筋の涙が暮れていく陽を映して、きらりと輝いている。

「ゆう！　おじちゃん！」

那波たちに気づいたあっくんが砂だらけの顔でこっちに駆け寄ろうとしたのを、石原の細い手が阻む。

「だめよ。行かないで」

「……おねえちゃん」

石原は涙を堪え、あっくんの腕をそっと摑んで引き戻す。

「あなたは那波さんにそっくり。だからそばにいて。ずっとそばにいて。……私、那波さんが好きなの」

「石原、さん」

相談客に好意を持たれたことは過去にもある。女性が圧倒的に多かったのは、那波が物腰やわらかで、誠実な態度で結婚相談に乗ったからだろう。とはいえ、那波はゲイである自分をよくわかっていた。だから、女性にも欲情したことがない。その真面目さが、より女性を惹き付けたのかもしれない。

里見だけが例外だ。前の恋人に手ひどく振られた那波を、里見はまるごと包んで愛してくれた。いまだって、毎日「勇が好きだよ」と微笑んでくれる。そのさりげないひと言がどれだけ自分に勇気を与えてくれているか。

だから那波は息を吸い込み、前に一歩踏み出した。

「石原さん、私に好意を持ってくださってほんとうにありがとうございます。とても嬉しいです」

「それなら……！」

「私は、ゲイなんです」

静かな告白に、石原が目を瞠る。隣の叔父も固まっている。

「……ゲイ？　男性を好きになる……ということですか？」

「こういう形で打ち明けるのは申し訳ないかぎりですが……私は、女性には恋をしないんです」

「ずっと？　昔から？」

「はい」

石原の諦めきれない声に、那波は深く頷く。真実を共有する相手として、叔父や石原たちが今後どんな影響をもたらすかわからないが、ごまかすわけにもいかない。自分の恋愛観がつらいなと思ったことは何度かある。異性愛ができれば楽だろうなとも。けれど、そんなふうにほんとうの自分を騙していては、なにも進歩しない。好きな相手には嘘をつきたくないし、些細な感情もやり取りしたい。里見こそが、その相手なのだ。

「……でも、私……最初から那波さんが好きで、好きで、……あのひとに似ていて好きなのに……」

いまや涙をぽろぽろとこぼす石原に、叔父が動いた。あ、と思ったが叔父のほうが早かった。

「お嬢さん、そう泣くな。あんたはとても綺麗だ。きっとあんたを包み込んでくれる男性はいるよ」

なにか言いたそうに、石原は叔父を見上げる。

それから、「――あ」と声を上擦らせる。

「あの、……あの、もしかして、ずっと昔、杉並区で塾のバイトしてませんでしたか？」

「んん？　塾のバイト……ああ、そういえば最初の会社を辞めたあとしばらく事務のバイトをしてたな。どうして知ってるんだ？」

「うそ、……ほんとうに？　ほんとうのほんとうに？　――那波、篤郎さんですか？」

名前を知っている石原に、今度は叔父が目を丸くしている。

「どうして俺の名前を？」

「……だって、私の初恋のひとだから。二十年前、十歳の私は塾に通っていて、あなたを好きになったんです」

「あんたが……俺を」

美しい大人の女性である石原を二十も若くしたらどんなに可愛い子だろう。想像できるようでいて、なかなか難しい。石原は目を真っ赤にしていた。

だから、那波に出会ったとき、あんなにも驚いていたのだ。那波と篤郎は似ているから、そこに初恋の埋み火を思い出したのだろう。

石原は鼻にしわを寄せ、泣き笑いをする。

「こんな形で初恋のひとに出会うなんて、……私、最悪ですよね。ちゃんとした恋もできないくせに、私より学歴が高くて、高収入で、親とは一緒に暮らせないっていう条件を叶えてくれるひとなんか、絶対いない」

涙交じりの声に、叔父は苦笑する。そのやさしい笑い方は、那波が初めて見るものだ。

「いるさ、絶対に。さしずめ、俺なんかそうだ。会社を経営しているし、大学もお嬢さんよりいいところだ。親も亡くなっているから同居はない。なにより、初恋の相手なんだろう？　……な？　案外、近くに運命の相手はいるもんだよ」

叔父の慰めの言葉に、石原は頬を紅潮させていたが、少ししてからゆっくりと頭を下げた。そして、あっくんの腕から手を離す。

「……ゆう！」

弾丸のように駆け出すあっくんを真正面から受け止めた。ばふっと抱きつかれて、温かな頬に強く頬擦りした。

失うかと、思った。

「……ごめんなさい。私……どうしても初恋のひとが忘れられなくて、そっくりで苗字も同じだった那波さんが好きになって、……ご家族と揉めてあのマンションを飛び出したらいいなって思って……悪戯したんです。あともつけて、保育所にも何度も行きました。ごめんなさい。ほんとうにごめんなさい」

さらさらしたあっくんの髪を撫でながら、那波はゆるくかぶりを振った。

「私こそ、気を持たせるような態度を取っていたかもしれません。すみませんでした」

悪戯の犯人が石原だと知って、なぜかほっとしてしまう自分がいた。石原は、根はやさしい。思い込みが強いところは玉に瑕かもしれないが、その情熱を笑顔で受け止めてくれるひとはきっといる。

まだ頭を下げている石原に叔父が近づき、その肩をぽんと叩く。

「お嬢さん、顔を上げなさい。綺麗な顔が台無しだぞ」

「顔なんか、……どうでもいいです。好きなひとに認めてもらえないなら……」

「よし、じゃあこうしよう。初恋の俺とつき合ってみるか、お嬢さん」

「え？」

「――は？」

思わず石原と声がかぶってしまった。叔父の冗談めいた言葉の意味がいまいちよくわからない。

「勇！」

突然届いた声に振り向けば、里見がシャツの裾をはためかせて走ってくるところだ。髪は乱れて、息も切れている。きっと駅前を捜し回ってくれたのだろう。そして、ここにたどり着いたのだ。

泣いている石原をひと目見て、里見はさまざまなことを悟ったようだ。まずはしゃがみ込んで、無言であっくんをぎゅっと抱き締めた。初めての抱擁にあっくんはびっくりしていたが、しだいにすがりつき、里見の広い肩に顔を押しつけている。

「よかった……捜したよ、あっくん」

「かず……」

もう一度強くあっくんを抱き締め、里見はそのまま背中におんぶして立ち上がる。

「勇、この方が……石原さん？」

「はい」

すると、里見がなにか言う前に、叔父が彼女を守るように立ちふさがった。そんな叔父の仕草を見るのも初めてだ。

「篤郎さん」

「そう責めるな。お嬢さんの年頃だと、恋も本気で打ち込むんだろう。そういうの、……可愛いよな。俺はいいと思う」

「……でも、私、面倒くさいですよ。鬱陶しいですよ。重いですよ。初めて恋したあなたのことを二十年も忘れられなかったんですよ」

「可愛いじゃないか」

叔父は楽しそうに笑って、石原の背中を叩いた。

「大丈夫。あんたはしっかりしてる。勇なんかより、ずっとずっといい男がいる。稼ぎがよくて、頭もよくて、包容力に長けている男がな」

「う」

そこまで言われると返す言葉もないが、石原にはしあわせになってほしい。

里見は目を丸くしていたが、そのうち仕方なさそうに笑う。叔父と石原の間に流れるふわりとした空気に巻き込まれたようだ。

「……あっくんが事故に巻き込まれたんじゃないなら、いいか」

呟くように言って、里見は「よいしょ」と背中のあっくんを背負い直す。

石原の目は真っ赤だが、叔父が紳士的にその背中を支えている。

「みんな、帰ろうか」

那波が呼びかけると、里見の背中のあっくんが「はーい！」と元気よく手を挙げる。

「あっくんね、おなかすいたぁ」

「空いたねえ」

子どもらしい言葉に、石原が目を赤くしてくすりと笑っている。そんな彼女を見つめ、里見と那波も微笑んだ。

石原を送ろうかどうしようかと迷っているうちに、叔父が名乗り出て、「俺がきちんと家の前まで送るよ」と約束してくれたので、ふたりが乗るタクシーを見送った。石原は目元を清潔なハンカチで押さえ、車窓の外の那波たちに頭を下げていた。

それから、三人で我が家へと帰った。

「今日は俺が作るよ、晩ごはん。あっくんに美味しいって言ってもらいたくて、ひそかにチャーハン作りをがんばったんだ」

「えっ」

意気込みは嬉しいが、里見の料理の味付けは破壊的だ。任せていいものかどうか。しばし熟考したのち、那波は大きく頷いて、「楽しみです」と笑顔で言う。

「お手伝いしますよ」

「ほんと？　じゃ、一緒にやろう」

「あっくんも」

里見に背負われているあっくんがにこにこしながら会話に交じってくる。ほのぼのとして、いい夕方だ。先ほどまでの焦りが嘘のように晩夏の夕暮れ空に消えていく。

ほの明るい空の下、部屋に帰ると、早速みんなでルームウェアに着替えてキッチンに走った。

全員、お腹が空いているのだ。今日は簡単に、卵とほうれん草のチャーハン。冷凍シュウマイを温めて、カップスープとトマトサラダを添えることにした。

問題は、チャーハンだ。火加減を間違えるとべしょべしょになってしまうのだが、里見はどんな特訓を積んだのだろう。はらはらしながら見守る那波の横で、里見は思っていた以上に慣れた手つきだ。先に溶き卵と刻んだほうれん草を用意し、朝多めに炊いていたごはんにゴマ油をふりかけまぜ合わせる。

「やるよ」

「はい！」

那波もなぜか火が点いて溶き卵の容器を持って彼の隣に立つ。那波が手渡した卵をフライパンに入れふわっと広げ、ごはんを投入してフライ返しでしっかりパラパラにさせたあと、それから、ほうれん草も投入。火が通ると鮮やかになるほうれん草から水分が出るので、さあ、ここからが時間勝負だ。塩胡椒、醤油をちょっとだけ垂らし、隠し味に鶏ガラスープを混ぜたらささっとひっくり返して出来上がりだ。

「やった、できた」

「できましたね」

「早速味見ターイム。あっくん、どうぞ」

おとなしく様子を見守っていたあっくんに、里見がスプーンでチャーハンを運ぶ。ちいさな桜のようなくちびるを尖らせ、あっくんはふうふう言っている。それから、ぱくっとスプーンにかぶりついた。

「……おいしい！」

「ホント？　ホント？　あっくん、美味しい？」

のぼせ気味の里見に笑ってしまう。あっくんが「もっと」とすがるので、那波は急いでテーブルに皿を運び、あっくんを隣に座らせる。

「サラダとスープだよ。こぼさないようにね」

「はーい。ゆう、たべたい」

「はいはい、いますぐ」

里見と協力し、テーブルの上に晩ごはんを仕上げていく。

あっという間に夕食の支度が調ったテーブルにつき、「いただきます！」と全員で手を合わせた。

それから、れんげ山盛りのチャーハンを頬張る。

「ん……！　ホントだ。美味しい……！」

嘘みたいだ。あんなに味音痴な里見がここまで美味しいチャーハンを作るなんて。

里見もうきうきしながらチャーハンを食べている。

「我ながらうまい。さすが、米五キロを消費して練習した甲斐があったな」

「ご、五キロ……いつの間にそんな練習してたんですか」

「あなたが仕事で出ている間。もう毎日毎日特訓したんだよ。あっくんと勇に満足してほしくて」

なんでもないことのように言うが、米五キロを使って練習したなんてすごすぎる。

「それ、全部食べたんですか？」

「そうなんだよね……毎日チャーハン漬けでちょっとおかしくなりそうだった。まずいのをあっくんに食べさせるわけにはいかないし、ひとりで食べたよ。それでわかった。俺、味付けがてんでダメダメだったね。ごめん」

顔を顰（しか）める里見に笑いだしてしまった。

「いいのに、謝らなくて」

「いつも、なんか決まらない味だなとは思っていたんだよね。それで、悔しいけど一度ちゃんとネットのレシピどおりに作って味付けしてみたんだ。そしたら……」

「美味しかった？」

「そう」

あむっと大きく口を開けてチャーハンを食べる里見に、那波は自然と微笑んでしまう。ただでさえ好きなのに、こんなふうにやさしくされたら惚れ直さないわけにはいかない。

満ち足りた夕食のあとはあっくんをお風呂に入れて、ふたり、ベッド脇で顔を見合わせた。

「今日こそは勇を抱きたい」

「……はい。でも、どこで？」

「来て」

ベッドルームを出て、斜め向かいの部屋に連れていかれた。ここは、いまはなにもない客間だ。将来、あっくん用の部屋にしたいなと考えていたところに、里見はシンプルなベッドを入れていた。オフホワイトのシーツがかけられたベッドに並ぶふたつの枕を見て、頬が熱くなる。

「俺が用意した。扉を細く開けておいて、声は控えめに愛し合うのはどう？」

「もう……断れるはず、ないじゃないですか」

ずっと、飢えていた。あっくんを守るという大人としての責任があったからこそ、本能の欲求は抑え込まなければと思っていたが、里見も我慢していたのだ。そういえば、さっきの食事中、何度もテーブル下で意味深にコツンとスリッパを履くつま先をぶつけられていたっけ。

もう一度寝室の様子をのぞく。今夜のあっくんは、この間の動物園で買ったパンダのぬいぐるみを抱き締めて熟睡中だ。眠っているときは自然とおしゃぶり癖が出てしまうらしく、親指を咥えているところがなんとも可愛い。風邪を引かないように室温を調整し、もうひとつの部屋で待っている里見に思いきり抱きついた。

「一、二時間なら」

「大丈夫。俺が食い尽くしてあげるよ、勇」

低く飢えた声で耳たぶを齧られ、ぞくりとした甘い疼きが背中を駆け上る。

互いに胸に手を当て、くちびるを寄せていく。そっとくちづけられる――と思ったら、きつく嚙みつかれて那波は呻いた。

「勇……ごめん、止まらないかも」

里見のしゃがれた声が欲情に火を点ける。どんなふうに抱かれるのか怖いけれど、身体が火照ってしまう。

「一彰さん……っ、ん、ん……」

顔を寄せ合い、くちびるを強く押しつける。もう里見の舌はくねり込んでいて、那波の舌先を搦め捕り甘く、ずるく吸い上げて、「んぅ」と息を漏らすと、肉厚の舌全体が腔内に擦りつけられる。

歯列を丁寧になぞられ、上顎を舐められる。その艶めかしい感触に那波は身悶え、息を切らして端整な里見のシャツのボタンをはずしていった。

「欲しがりだね、勇。可愛いよ」

「……だって、ずっとしてなくて……」

「これだけ間が空いたのって初めてだよね？　触ったりキスしたりはあったけど、――勇の、ここ」

「……あ」

ルームウェア代わりのスウェットパンツのうしろを里見の大きな手で揉まれて、那波は顔を赤くする。尻を揉まれて疼くようになったのは、絶対里見のせいだ。尻の丸みを卑猥に揉まれて、指を食い込まされる。たぶん人差し指、中指、薬指、小指と続いて、親指がぐっと尻の表面に押し込まれると、那波はもう立っていられない。がくがくと膝を震わせれば、里見がやさしく笑ってベッドに組み敷いてきた。

「ん……――」

ふわんと波打つシーツに身体を沈み込ませた。すぐに里見が覆い被さってきて、恥ずかしがる那波からルームウェアを引き剝がす。

触ってもらえたら。そんなふうにいつも思っていた。里見が相手ならさしたる抵抗もせず、きっと受け入れていただろう。里見とつき合うようになってから、スキンシップが大好きになった。里見の体温も感じたいから、「脱がせたい」と囁いて、彼のTシャツの裾をまくり上げる。

「……これでいい？」

Tシャツを脱いで逞しい胸を晒す里見に、頭がぼうっとしてきた。

「こっちも」

スウェットパンツの履き口を指で引っ張る。里見はくすくすと笑ってそれも脱ぎ、熱く昂ぶる男根を那波の手に握らせてきた。

「勇の中に挿りたいって。……もうこんなになっちゃったよ」

「……自分でしたりしなかったんですか？」

「こんなに俺好みの男を目の前にしていて、自分でするわけないでしょ。もったいないよそんなの。俺はあなたと分け合う快感が好きなんだ。勇の中に挿れさせて……？」

淫らに耳元で囁かれ、腰が揺らめいた。

そのまま里見は身体の位置をずらし、胸に吸い付いてくる。やさしくて強い愛撫を待っていた乳首は少し吸われただけで尖り、こりこりの淫らな芯を持って里見に弄らせやすくなってしまう。

「っ、あ、……あ……！　きつく——吸ったら……」

「なんか出ちゃう？」

「も、……も、バカ……！」

乳首の根元にねろりと舌を這わされ、少し痛いぐらいに噛まれた。歯形がついてしまいそうで、嬉しい。もっと里見の痕を身体に残したい。

「やっ、……だ、気持ちいい、かず、かず、あき……っ」

息が切れるさなかに名前を呼んだら、敬称を忘れた。しかし里見が嬉しそうに乳首を指でねじり、根元から勃起させて強めに吸ってくる。

「俺の名前、もっと呼んで」

「かず、……あ、き……さ、……」

「さんはいらない」

「……ぁ、……かず、あき……？」

「よくできました。吸ってあげる」

思いきり乳首を吸われて甘い刺激に呻き、腰から背中にかけて走った電流のような疼きに任せ、那波は熱いしぶきを放った。

「あ、──っ、あ、……ん──は、……ぁ……っだめ、まだ、……出てる、から……」

里見が達したばかりのペニスをにゅぐにゅぐと揉み込んでくる。厭(いと)わしいとも思わないその手つきがたまらなく嬉しい。

「勇の射精しているときの顔、ほんっと可愛いんだよ。今度動画で撮りたい。俺がしゃぶってあげるからいっぱい出すところ、カメラに収めさせて」

「だ、だ、めです、それは……！　あ、う、――ん……ン……っ！」

一度達したことで弛緩した身体を横抱きにし、里見は枕元に用意してあったローションを手のひらに塗り広げ、きつい窄まりを濡らしていく。何度も里見を受け入れているはずなのに、いつもそこは締まっている。今夜ももちろん。だから里見はローションでぬるぬるになった指で窄まりをゆっくり押し拡げていく。慎重に、中に刺さっていく指の腹で上側を丁寧に擦られると、また射精してしまいそうだ。

「や、っ、ぁ、ぁ、かずあき、だめ、欲しい……も、欲しい……っ」

ローションが絡んでぬちゅぬちゅと音が響くのがいやらしい。肉襞を指で擦られると、どうしても声が出てしまう。悦くて悦くて、淫らに腰を振りそうだ。自分の中に、甘く、熱く潤う場所があり、里見という雄を待ち望んでいる。彼の髪に指を巻き付けて引っ張ると、里見は那波のペニスの先端を指で弾いて、「あげるよ」とのしかかってきた。

「俺をたくさんあげるから、受け取って」

「ん、はい、……あ、……っ、ぅ――ぅ、……く！」

指で支えたペニスを、里見がひくつくアナルへとあてがってくる。そのままぐうっと押し込まれて、衝撃で那波は再び極みに達した。意識は白く煮え立ち、深い快感が始まっている。里見に突いてもらわないと収まらない快感だ。

「あ、っ、や、ふと、い……っん、かずあき、……中、拡げたら……っ」

「俺がここで抜いたら、勇は泣いちゃうかな？」

ちょっとだけ意地悪く言って、那波は腰を進め、最奥にずんっと突き込んできた。いつも、行き止まりの場所までねじ込まれると、涙がこぼれる。

ずっと、ずっとこれが欲しかった。

里見は、この渇いた身体を愛してくれる。満たしてくれる。以前はひどい恋人に振られた傷が癒えず、里見を利用するようなセックスもあった。だが、里見は那波の下手な煽りに乗らず、彼らしい熱情でくるんでくれたのだ。男同士のセックスで、泣くほど感じたのは里見が初めてで、そして最後だ。これからはふたりであっくんを見守りつつ、内緒の時間を持つだろう。いまも少し意識をそらして耳を澄ます。――大丈夫、もう少し続けていいようだ。

「勇……熱いよ。締まる……」

心地好さそうに呟き、里見は最奥に亀頭を擦りつけ、先走りを移してくる。

「っぁん、かずあき、いい……っ」

「俺も最高にいいよ。一度、一緒にいってもいい？　ずっと我慢していたから……もう、出しちゃいたい、勇の中に」

「来て、いい、……出して、俺の中……あ、——あ！」

きつく腰骨を摑んで、里見がズクリと穿ってくる。その強さに食い破られそうだ。那波も彼の引き締まった腰に両足を巻き付け、呼吸を合わせて揺らめく。ずちゅ、ぬちゅっ、といやらしい音をずっと聞いていたい。「して、もっとして、もっとやらしいことして」と泣いてすがり、喉を反らして男根に突き込まれる快感に達しようとすると、里見が胸元に嚙みついてきた。

「あ、あぁ……っ！　いっちゃ……！」

「……ん、出すよ」

どくん、と熱が奥のほうで強く弾けた。どろりとしたしずくがすぐに拡がり、肉棒で摩擦された襞をしとどに濡らしていく。突かれて快感を追い求める時間もたまらないけれど、互いにはまり合うこの時間も大好きだ。なにより、里見はこの身体の虜だ。いまも乳首を吸い、息を整えている。

「最高だよ、勇……やっぱりあなたは俺のとっておきだ。こんなに気持ちいいセックスをしていて、どうして勇は孕まないのかな？　俺の精液が足りない？」

とんでもないことを言い出す里見に顔が赤くなる。

「なに、言ってるんですか……もう」

「ふふっ、まんざらでもないくせに。……大丈夫だよ、勇。俺はしつこいからね。勇に何度も何度も射精して、キスして、抱き締めて……」

言っている間にも、繋がっているそこがむくりと中で硬さを増す。拡げられた孔からは里見の精液がトロリとこぼれて、シーツを濡らす。

どうしよう。もっと欲しい。突かれ足りない。

訴えるように見つめると、里見がゆっくりと抱き起こしてくれた。今度は、ベッドにあぐらをかいた彼の上に座る格好だ。ずぶずぶと深く肉棒を埋め込まれて、「あ、あ……」と那波は色気のある声を絞り出す。そして、汗が浮かんだ胸を反らす。里見に乳首を囓ってほしくて、吸ってほしくて。

「下から突いてあげるよ、勇。思いきり乱れてごらん」

「――はい。でも、……みっともない俺のこと、嫌いになりませんか」

いつもそうなのだが、セックスで乱れてしまう自分が恥ずかしい。あとで、里見は醒めたりしないだろうか。おずおずと身を寄せる那波を里見は強く抱き締め、笑顔で見上げてきた。

「俺は、あなたがもっと好きになる。もっとしあわせにしたい。もっと安心して。可愛い顔、見せて」

こんな甘い言葉で言いくるめてくるのも、里見ぐらいだろう。

「ほんとうにあなたは……もう」

「愛してる」

「……俺も」

ふたりで鼻先を擦りつけながら笑い合い、それから、熱を深めていく。

どこまでも、深い熱。里見が与えてくれる、淫らで溺れたい場所。

大人の男同士だけが知っている、甘くて濃密な時間の始まりだ。

「じつは、話をしているうちに俺も本気になってしまってなぁ。はは、いやもう、照れるなどうも」

「恥ずかしながら、私も那波さんへの想いを篤郎さんに打ち明けている最中に、やっぱりこのひとは初恋だったんだって惹かれてしまって……」

「叔父さんに惹かれたきっかけってなんだったんですか?」

「あのね、大事なテストの日に、私、緊張でどうしてもお腹が痛くなってしまったんです。それでなにか薬をもらえたらって事務室に行ったら……篤郎さんが、すぐさま牛乳を温めてくれて渡してくれたんです。『テスト、うまくいくといいな』って。やさしいひとだなってひと目で好きになりました」

秋が来る頃。里見と那波とあっくんは、手を繋いで最寄り駅のそばにある雰囲気のいい喫茶店を訪れていた。六人掛けのテーブルで向かい合わせに座るのは、叔父の篤郎と、なんと石原ルナだ。頬を染めている彼女の左手の薬指には、きらりと輝くダイヤモンドのついた指輪がはまっている。

ふたりから会いたいと言われて、「もしかしたら……」「ひょっとしたら？」と、那波と里見はわくわくしながらあっくんを連れてきたのだ。

叔父は柄にもなく照れていて、しきりに鼻の頭を指で擦っている。以前は強い色のシャツを身に着けることが多かった篤郎だが、今日はやわらかなベージュだ。そんなところも、彼女の影響だろうか。

彼女——石原は、那波と目が合うと、申し訳なさそうに会釈する。

「常識で考えたら、こんなふうに会っていただくことなんてないと思っていました。私、あなたに好意を持っていたけれど、してはいけないことをしたんですものね」

「あのときはびっくりしましたが……でも、あなたはちゃんとあっくんを返してくれたじゃないですか。誰にだって、魔が差すときはあります。私だって将来、あっくんを好きになる女の子が出てきたら、石原さんと同じことをするかもしれませんよ」

「おっと、その前に僕で練習しておいて」

茶々を入れてくる里見に、みんなして笑った。あっくんも、那波の膝の上で楽しげにけらけら笑っている。子どもは敏感な生き物だ。大人が笑えば、子どもも笑う。しあわせな感情を、もっともっとあっくんに伝えていきたい。

「そういうわけなんだ。式は年明けにでも挙げるが、もうすぐにでも一緒に暮らそうという話になったんだ。だから、今度三人で遊びに来てくれ。彼女の手料理、めちゃくちゃうまいぞ」

照れながら言う叔父も可愛い。いままでひとりだったのは、きっと、石原に再び会うためだったのだろう。めぐり合わせの不思議を、叔父たちにも、自分たちにも感じる。

あっくんを預かって、来月には丸三か月になる。那波も里見も、こころを決めていた。あっくんは自分たちが育てていく。そのことはもう、実家の両親もよくわかっているようで、那波がいずれ養子にしたいと言ったら、ふたりとも涙ぐんで頷いていた。

「――ね、俺たちも結婚式挙げちゃう？」

アイスティーを飲んでいた里見が耳打ちしてきて、那波はアイスコーヒーを噴きだしそうだ。

「け、――け、っこん」

ふたりの仲は、まだ公表していない。しかし、あっくんを正式に引き取った先には、自分たちの身元を明らかにする場所も増えていくだろう。世間の目が冷たいと感じる日だって、きっとある。

「ゆう、ゆう」

膝に座っていたあっくんが振り返り、首にしがみついてきた。

「どうしたの、あっくん」

「あっくんね、ゆうをおよめさんにする」

「――えええ！　俺とあっくん、ライバル⁉」

素っ頓狂な声を上げる里見の足を素早くテーブル下で蹴っ飛ばしたが、もう遅い。叔父たちは目を丸くし、「え、ええと」と声を詰まらせている。

「あの……」

どう言おう。いまのは冗談ですよと下手にごまかそうか。

焦っていると、石原が我慢できないように声を上げて笑いだした。

「那波さん、可愛いです。目が点になってる。……ふふっ、そうかぁ、この方が那波さんの大切なパートナーなんですね」

「……う、……はい。申し遅れました」

「勇はもう恋人を持ってたのか……ああ、だからあんた、一緒に暮らしてるのか」

「はい。しがない作家ですが、勇さんは絶対に僕がしあわせにします」

律儀に頭を下げる里見に、顔から火が出そうだ。両手で顔を覆うと、「ねー」とあっくんが手を引き剝がそうとしてくる。

「……ないてるの、ゆう」

「あ、あ、泣いてない泣いてない。ほらね？　……ごめん、ちょっと恥ずかしかっただけ」

「なんで？」

「一彰さんが秘密をバラすから」

「かず、め！」

ぴしっと人差し指を突きつけるあっくんに、里見は殊勝に「ごめんなさい」と謝る。それがツボに入ったらしく、石原はずっと笑っている。叔父も困った顔をしていたが、やがて石原の浮き立つ気分が伝染したのか、笑いだした。

「——わかった。おまえたちは、俺たちを引き合わせてくれた大切な仲間だ。どうだ、これから実家に挨拶に行かないか？」

「え？　これから、ですか？」

「ああ。話は早いほうがいい。勇たちの両親にも俺たちのことを話して、二組で合同結婚式を挙げよう。なあ、あき……あっくん。おまえも出てくれるだろ？」

突然話を振られたあっくんは、大きく頷き「でる！」と宣言する。

「こぢんまりした結婚式でもいいんだ。身内とだけでも、俺たちがしあわせに結ばれることを祝おう。大丈夫だ。おまえの両親には俺も口を添えてやる」

「……よろしくお願いします、叔父さん」

「ありがとうございます。そして、これからもどうぞよろしくお願い申し上げます。叔父さん」

「あんた、酒が強そうだな。よし、今夜はみんなで呑もう。行くぞ」

コーヒーを飲み終えて、叔父は石原をエスコートしながら立ち上がる。里見たちも飲み物代を払うと申し出たのだが、「これぐらい奢らせろ」「でもそんな……ありがとうございます」「ごちそうさまです」というやり取りがあり、胸がくすぐったい。叔父を変えてくれた石原にも、明るい顔をしている叔父にも感謝したい。

そして、里見とあっくんにも。ふたりがいるから、穏やかな毎日はしあわせという額装を施されて、那波のこころの中を飾るのだ。

先に外に出た叔父たちを追いかけるように、那波たちも店の玄関へと向かう。

「あっくん、行こうか」

「うん！」

跳ねるような足取りのあっくんの手をしっかり摑む。そのちいさな頭を、里見がやさしく撫でる。心地好さそうにしているあっくんと里見を見上げ、那波はこころから微笑み、背伸びをして彼の耳元で囁いた。

「しあわせに、してあげます」

「それは俺の台詞」

それからふたり、目と目を見合わせて笑い、あっくんを真ん中にしてやわらかい秋の陽射しが待つ外へと出ていった。

あとがき

こんにちは、または初めまして。秀香穂里です。

「結婚したいと言われても」、どうしても続編が書きたくて念願叶いました！　愛情たっぷりな里見と、愛される喜びを知った那波のもとに、突然天使が現れたらどうなるかな……？　というのがこの話の基礎です。

いやーあっくんは可愛かった……自画自賛。あっくん、という字面が可愛くないですか？　書いていてうきうきでした。

結婚相談所での仕事を続けながらも、那波は里見との生活を切り拓いていきます。前作よりも甘めな感じに仕上げつつ、初々しい新婚さんみたいな空気もあるといいなと。冒頭の下着を畳んでいるシーンは、きっと新婚さんだったらにやにやしつつやっていそうだなという妄想の塊です。

この本を出していただくにあたって、お世話になった方にお礼を申し上げます。

前作より引き続き、ハッピーなふたりを描き上げてくださった、みずかねりょう様。男らしく脱皮した里見に、綺麗どころの那波に加え、あっくんが……！　あっくんがほんとうに天使で目を瞠りました……！　表紙のみんなでお弁当をつついている場面、こんな家族を見かけたらガン見してしまいそうです。そして口絵がもう、ほんとうに可愛くてラブリーで、なんとしあわせなことか……。ふたりに挟まれて眠るあっくんがしあわせそうで、髪を撫でたいです。

挿絵につきましても、どれも目が祝福されてしまうものばかりで、感謝感激です。ほんとうにお忙しかったでしょうに、こころのこもるイラストをありがとうございました。また、ぜひ、ご一緒できる機会がありますように。

担当様。長いおつき合いになってきて、とても嬉しいのと同時に、ご迷惑をおかけしっぱなしで申し訳ないかぎりです。次作も頑張りますので、どうぞよろしくお願い申し上げます。

そして、この本を手に取ってくださった方へ。じつはこの本の発売を記念して、サイン会が開かれるのです。作家として十五年という節目でもありました。この世に生を授かった子が中学校を卒業していく年齢まで書いているとは……！　びっくりです。

わたしを長生きさせてくださった読者様のおかげで、いまがあります。

書きたい、続けたいとは確かに思ってきましたが、私の思い込みだけではどうにもならないことがあります。それがわかるだけに、よけいにこうして節目のあとがきを書ける喜びを噛み締めています。

せっかくだから、二十年目もお会いできたらいいなと願いつつ。私も、錆び付かないように精進していきます。

サイン会だけではなく、どこかでお目にかかれたらとても嬉しいです。

もし、この本を読んでのご感想がありましたら、ぜひぜひ編集部宛にお手紙やお葉書をお送りくださいね。少し時間はかかりますが、SSペーパーをお送りしています。

ともあれ、次の本で元気にお会いできますように。これからも、しっかり頑張っていきます。

秀　香穂里

CROSS NOVELSをお買い上げいただき
ありがとうございます。
この本を読んだご意見・ご感想をお寄せください。
〒110-8625
東京都台東区東上野2-8-7　笠倉出版社
CROSS NOVELS 編集部
「秀 香穂里先生」係／「みずかねりょう先生」係

CROSS NOVELS

子育てしたいと言われても

著者
秀 香穂里

2017年11月23日　初版発行　検印廃止

発行者　笠倉伸夫
発行所　株式会社　笠倉出版社
〒110-8625　東京都台東区東上野2-8-7　笠倉ビル
[営業]TEL　0120-984-164
FAX　03-4355-1109
[編集]TEL　03-4355-1103
FAX　03-5846-3493
http://www.kasakura.co.jp/
振替口座　00130-9-75686
印刷　株式会社　光邦
装丁　磯部亜希
ISBN　978-4-7730-8864-9
Printed in Japan